U0112457

日本古典女性日记

紫式部日记

[日] 紫式部 著

黄悦生 译

插图版

江苏凤凰文艺出版社

图书在版编目（CIP）数据

紫式部日记：插图版 /（日）紫式部著；黄悦生译 . —— 南京：江苏凤凰文艺出版社，2022.10
（日本古典女性日记）
ISBN 978-7-5594-6967-0

Ⅰ . ①紫 … Ⅱ . ①紫 … ②黄 … Ⅲ . ①日记 - 作品集 - 日本 - 中世纪 Ⅳ. ① I313.63

中国版本图书馆 CIP 数据核字 (2022) 第 114477 号

紫式部日记（插图版）

〔日〕紫式部 著　黄悦生 译

编辑统筹	尚　飞
责任编辑	曹　波
特约编辑	沈凌波　许明珠
装帧设计	墨白空间·Yichen
出版发行	江苏凤凰文艺出版社
	南京市中央路 165 号，邮编：210009
网　　址	http://www.jswenyi.com
印　　刷	天津图文方嘉印刷有限公司
开　　本	787 毫米 × 1092 毫米　1/32
印　　张	6.375
字　　数	93 千字
版　　次	2022 年 10 月第 1 版
印　　次	2022 年 10 月第 1 次印刷
书　　号	ISBN 978-7-5594-6967-0
定　　价	228.00 元（全四册）

秋意渐起时，土御门府[1]的风情美得无法形容。池塘边的树梢、庭院溪流两旁的草丛都染上了一片秋色，夕阳映照的天空美丽而深邃。在这般美景的映衬下，绵绵不断的诵经声就显得更有情趣了。

在凉意渐生的微风中，犹如窃窃私语般的流水声和彻夜诵经声融为一体，叫人难以分辨。

1　土御门府：即藤原道长（966—1028）的府邸。藤原道长是平安中期盛极
　　一时的掌权者。藤原彰子（988—1074）是一条天皇的中宫，宽弘五年
　　（1008）七月十六日返回娘家待产——本书注释均为译注。

中宫[1]有孕在身，想必颇为疲惫，但她装作若无其事的样子，听着女官们闲聊。她那优雅的仪态已经无须赘述。然而，在这无常人世间，我唯有侍奉在中宫身边时才能得到精神慰藉，彻底消除郁闷心绪，忘掉一切忧苦[2]。想想看，这确实是奇妙之事。

1　中宫：平安时期对于皇后的别称。此处指一条天皇的中宫藤原彰子。
2　紫式部自从丈夫病故后，终日沉浸于忧苦之中。

二 五坛修法
——七月二十日前后的拂晓

未到拂晓时，月亮被云遮住了，树荫下略显昏暗。女官们纷纷议论着："最好还是关上格子窗。""大半夜的，侍女们都休息了吧。""女藏人[1] 去关吧。"……这时，后半夜的钟声突然响起，打破了周围的寂静。五坛修法[2] 按时开始了。众多僧人争先恐后似的诵念声远近可闻，其庄严之状令人肃然

1　女藏人：主管服装和裁缝等杂务的女官。
2　五坛修法：密教的修行方法之一。以五大明王为本尊，祈祷灾祸平定。

起敬。

观音院的僧正[1]率领二十名僧人从东厢房前往寝殿祈祷。他们走过游廊时咚咚作响的脚步声也显得非同寻常。法住寺的住持返回马场前的大殿，净土寺的僧都[2]返回书库。这两位法师穿着同样的袈裟，走过几座雅致的唐式小桥，在树丛间时隐时现。我目送着他们走远，心中感慨良多。斋祇阿阇梨[3]弯下腰，向西坛的大威德明王礼拜。

女官们进宫朝仕时，天已经全亮了。

1　僧正：僧人的最高职位。

2　僧都：仅次于僧正的职位。

3　阿阇梨：原为梵语，表示僧人楷模的意思。

《风流锦绘伊势物语（二十四枚）》，胜川春章 绘

三 挂着朝露的女郎花
　——某日清晨

　　我从游廊入口处的厢房向外眺望，只见外面薄雾迷蒙，叶尖上还挂着朝露。道长大人[1]在庭院中来回散步，并让侍从清理溪流堵塞之处，随后在桥廊南边盛开的女郎花[2]中折下一枝，从我厢房的几帐[3]上方递了进来。他的仪态如此优雅，令

1　即藤原道长。

2　女郎花：即黄花败酱草，别名黄花龙芽。

3　几帐：布帘做成的屏风，用作室内间隔。

我自惭形秽。我怕自己一早起来尚未梳洗的面容被他看见，所以当听到他说"赶快以此花作首和歌"时，就趁机凑到砚台旁边，写下一首和歌：

女郎花，含露盛开花色艳。

花露无意，垂怜我身。

"噢，这么快写好啦。"道长大人微笑着，把砚台拉到手边，回赠一首：

女郎花，白露垂怜岂相关。

有心绽放，其色自美。

四
道长大人的公子三位君
——某日黄昏

　　寂静的黄昏，我正与宰相君[1]闲聊时，三位君[2]挑起帘子下端，在门口坐下来。他少年老成而气度优雅地说道："女人还是得看气质，只可惜气质好的佳人难得一见啊。"似乎对儿女之情颇为感慨。看着他那风流倜傥的仪态，我深感惭愧，心想：切不可因为他年纪尚轻而轻看了他。还没聊至尽兴时，

1　宰相君：藤原丰子，生卒年不详，藤原道纲（955—1020）的女儿，赞岐守大江清通之妻，是与紫式部关系最亲近的一位女官。
2　三位君：藤原道长的长子藤原赖通（992—1074），当年十七岁，是平安时代中后期的公卿及歌人。

他就吟诵着"女郎花开香遍野"[1]起身离去了。这位公子，简直就像物语中赞美的那种男人。

像这样的小事，有的过了很久还能回想起来，有的却只是当时觉得有趣而很快就会淡忘。这究竟是为什么呢？

1　出自《古今和歌集》小野美材所作和歌："倘留宿，女郎花开香遍野。唯恐招惹，花心之名。"三位君借此和歌暗示："在女人厢房前久坐的话，难免会被人说成是花花公子，我还是赶快回去吧。"

《绣球花与燕子》，葛饰北斋 绘

播磨国守[1]因为输棋而设宴请客的那天，我临时有事回家去了。后来才有幸看到当天宴席所用的餐台——刻有花纹的台脚制作得十分雅致，假山盆景的水岸边写着这样一首和歌：

小石子，拾自纪国白良滨。

君王万代，化作磐石。

当天女官们拿着的扇子也十分别致。

1　国守：地方郡国之长官。

六　值宿的情形
——八月二十日之后

　　八月二十日之后，公卿[1]、殿上人[2]等人要经常到宫中值宿。他们在桥廊或厢房的檐廊上，时而打盹儿，时而无所事事地奏起管弦之乐，直到天明。那些不擅长古筝、笛子的年轻人则互相比试诵经，或唱起时下流行的歌谣。此时此景，亦颇有情趣。有几个夜晚，中宫大夫藤原齐信、左宰相中将源经房、兵卫督源宪定、美浓少将源济政等人还一同奏乐。然而，

　　────────────

1　公卿：官级为三位以上的高级朝臣。
2　殿上人：官级为四位、五位以上且有资格进入宫殿的朝臣，以及官级为六位的藏人。藏人：指殿上的杂役人员。

也许是因为道长大人另有考虑，并没有举行公开的丝竹之宴。

近年闲居家中的女官们，因想念久违的宫中情景而纷纷聚集

于此。府邸一片嘈杂，没有一刻安宁。

七　宰相君午睡

——八月二十六日

二十六日，熏香丸调配制作好后，中宫将其赐给女官们。许多之前参与揉制熏香丸的女官聚集而来，等待中宫分赐。

我从中宫府邸退下来，经过宰相君的厢房门口时，朝里面看了一眼——只见她正在午睡，身上穿着荻[1]、紫苑[2]等各色衬袿，外面还披了一件光泽鲜艳的深红色小袿。她躺卧着，

1　荻：表面为黑红色，里面为青色。

2　紫苑：表面为浅紫色，里面为青色；或表面为黑红色，里面为黄绿色。

头枕在砚盒上，脸埋进衣领里，额头显得柔美可爱，如画卷中的公主一般。我把她那遮住嘴边的衣袖拉开，说道："你倒是有几分物语中的公主气质嘛。"她突然睁开眼睛，抱怨道："你是不是疯了呀，这么狠心地吵醒人家。"她微微欠身坐起来，脸上泛着红晕，看上去优雅而美丽。

平时就容貌姣好的人，在此情此景下显得格外俏丽。

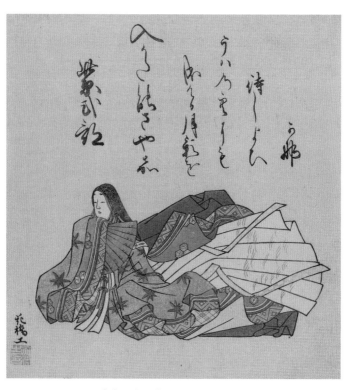

《紫式部像》，小松屋百龟 绘

九月九日，兵部[1]送来了菊花棉[2]，并对我说道："这是道长大人的夫人[3]特意送给你的，要你用它把衰容好好擦拭掉。"

于是我提笔写下一首和歌：

菊之露，略沾衣袖略还童。

更愿花主，延年千秋。

1　兵部：生卒年不详，与紫式部同龄的女官。

2　当时有这样的习俗：重阳前夜用丝棉覆盖在菊花上，次日清晨用沾湿夜露的丝绵擦拭脸和身体。传说这样可以去除衰老，保持长寿。

3　藤原道长之妻源伦子，生卒年不详。

我本来想把菊花棉给夫人送回去，却听说夫人已经回宫。我心想送回去也没用，于是就收下了。

当晚，来到中宫府邸时，月色正美。檐边挂着的帘子下方露出了层层叠叠的裙裾——原来小少将君[1]、大纳言君[2]等人已经在那里侍候了。中宫将前不久配制好的熏香丸放入香炉点燃，让大家试闻其香。女官们纷纷谈论着庭院里的风情如何优雅、常春藤叶子为何迟迟未染秋色……这时，中宫觉得身子比平时更难受，而且恰好此时僧众开始诵经祈祷，于是

---

1 小少将君：生卒年不详，与紫式部关系亲近。

2 大纳言君：源帘子，生卒年不详。

我就忐忑不安地陪着中宫进去了。

后来有人唤我，我就回到自己厢房。本想躺下小憩一会，结果却睡着了。半夜，忽然听到外面一片嘈杂，有人大声叫嚷着。

《花魁》，喜多川歌麿 绘

　　九月十日，天色微明时，中宫居室里的设施全更换成了纯白色，中宫也转移到了洁白的帐台里。道长大人、他的几位公子以及官级为四位和五位的殿上人慌慌张张地挂起帐幔，来回搬运褥垫等物品，一时骚然不安。

　　这一整天，中宫都显得心神不定，时而起身，时而躺卧。法师们声嘶力竭地诵经祈祷，以驱赶并降伏附在中宫身上的恶灵[1]。这几个月以来，府邸里请来了众多僧侣自不必说，

1　当时的习俗认为，人生病或难产是因为恶灵附体。

甚至还派人寻遍山野寺院，把所有修法僧都悉数召来。法师们的祈祷声令人不由得想象着三世诸佛会如何现身。另外，天下所有的阴阳师也被召集进宫祈祷，想必那无数神灵也不得不侧耳聆听吧。与此同时，宫中还接二连三地派出使者，前往各寺院进行布施。在这样的喧闹中过了一天一夜，又到天亮之时。

帐台东面的房间里，中宫的贴身女官们正集合待命。帐台西面的房间里，是灵媒童子[1]。每个灵媒童子各自被一对屏风围起来，屏风入口处摆放着几帐，各有一位修法僧高声祈祷。南面的房间里，坐着一排排尊贵的僧正和僧都。他们时而诵念祈祷，时而口吐怨言，看那阵势，说不定连不动明王的真身都能召唤来。他们那嘶哑的声音，不由得令人肃然起敬。北面的纸拉门与帐台之间的狭窄空位上坐着很多女官——我后来数了一下，竟然有四十多人。因为太拥挤了，根本无法转身，一个个都头晕眼花，茫然不知所措。那些刚

1　在修法仪式中，附体恶灵被驱赶出来后会转移到灵媒童子身上。

从家里进宫供职的女官根本就找不到空位坐下，连自己的裙裾和衣袖都被人群裹挟着，不知去了哪里。有些年长的女官因为担心中宫的身体，不由得坐立不安，甚至还偷偷地哭了起来。

《风流锦绘伊势物语（二十四枚）》，胜川春章 绘

　　九月十一日拂晓，拆除掉北面两间大的纸拉门，中宫转移到北边的小厢房里。因为无暇再挂帘子，所以就在外面摆上好几层几帐。胜算僧正、定澄僧都、法务僧都等法师陪侍在中宫身旁，为其诵经祈祷。昨日道长大人写了一份安产祷告文，此时，院源僧都又往文中加了几句虔诚之语，然后不断地朗声诵读。听起来十分庄重，令人心里感到无比踏实。而且，道长大人也和他一起念佛祈祷，更使人增添了几分信心，让人觉得中宫无论如何都能够顺利安产。尽管如此，女官们还是难过得流下了眼泪。大家互相提醒说："这多不吉利啊，别哭了。"可泪水还是忍不住夺眶而出。

人多嘈杂，想必中宫会觉得更难受吧。于是，道长大人就让女官们先到南面和东面的房间去，只留下几位必须随时在旁侍候的女官。道长大人的夫人、赞岐宰相君[1]、内藏命妇在几帐里，随后仁和寺的僧都、三井寺的内供也被叫了进去。道长大人无论何事都大声指示，连法师们的诵经声都被压过，几乎听不见了。

在另一间里侍候的，则有大纳言君、小少将君、宫内侍、弁内侍、中务君、大辅命妇，以及大式部——这位可是道长大人府上的宣旨女官哟。她们都是长年侍奉中宫的女官，一个个面露担忧之色倒也理所当然。而我虽然侍奉中宫的时日不长，但也分明感觉到此事非同小可。

另外，我们身后的柱间横木处摆放着的几帐之外，也挤过来很多人——道长大人的次女的乳母中务、三女的乳母少

1　即藤原丰子。

纳言、四女的乳母小式部……以至于两张帐台后面的狭窄通道也过不去了。有的女官拧着身子相互擦肩而过，也分辨不清对方的脸。道长大人的几位公子以及宰相中将藤原兼隆、四位少将源雅通等人自不必说，就连左宰相中将源经房、中宫大夫藤原齐信等平时关系不算特别亲近的人，也不时从几帐上方往里面窥望。我们连眼睛都哭肿了，但此刻即使被人看见，也完全忘掉了羞耻。驱魔的米粒像雪一样从头顶上撒下来，我们身上的衣服都变得皱巴巴的，十分难看——过后回想起来，我不禁觉得颇为可笑。

《风流锦绘伊势物语（二十四枚）》，胜川春章 绘

中宫头顶的发丝被剪去一些[1]，进行受戒仪式时，我忽然悲从中来，心想：这是怎么回事呢？正茫然不知所措时，中宫已安然顺产，但胎衣尚未排出。宽敞的正房到南厢房、栏杆前挤满的僧俗众人又开始高声诵念礼拜。

在东面房间的女官们和殿上人混坐在一起。小中将君[2]和左头中将源赖定面面相觑，那副一脸茫然的样子，后来被大家当作了笑柄。小中将君平时都很注重化妆，把自己打扮得

1　为了祈求佛法保佑而进行形式上的剃度。

2　侍奉中宫的女官。

漂漂亮亮的，今天拂晓时本来也化了妆，可后来眼睛哭肿了，妆容也哭花了，简直跟平时判若两人，令人惊讶。宰相君的脸也哭得变了样，这情形真是难得一见。她们这些美人儿尚且如此，我自己就更不知道变成什么样了。幸亏当时见到的人都没记住对方的样子。

中宫安产之际，恶灵似乎很不甘心地狂喊乱叫[1]，听起来十分可怕。担任灵媒童子的女官身边都各有法师坐镇——源藏人身边是心誉阿阇梨，兵卫藏人身边是妙尊，右近藏人身边是法住寺的律师，宫内侍的屏风前则坐着千算阿阇梨……但灵媒童子们还是被恶灵拖倒在地，十分可怜。于是又请来念觉阿阇梨，与众法师一起大声祈祷。之所以不灵验，并非法师们功力尚浅，而是因为恶灵无比顽固。叡效阿阇梨受命来到宰相君的屏风前当招祷人[2]，一整夜大声诵念，声音都嘶哑了。为了尽早驱除恶灵而新请来的法师们，见迟迟不灵验，未免骚然不安。

1　恶灵转移到灵媒童子身上，灵媒童子大声叫唤。
2　能召唤恶灵的法师。

正午时分，天空晴朗，颇有朝阳初升之感。中宫安然顺产，令人无比欣慰。而且，出生的又是一位皇子，这份欣喜就更是非同寻常了。昨日哭了一整天，甚至今早还在秋雾中抽泣的女官们，也纷纷回到各自厢房休息。中宫这边，则由那些有经验的年长女官在旁侍奉。

《风流锦绘伊势物语（二十四枚）》，胜川春章 绘

　　道长大人和夫人也移步别堂，为这几个月来修法诵经的法师以及这两日奉诏而来的僧众布施，向那些灵验的医师、阴阳师赏赐厚礼，并命令侍从提前准备小皇子的御汤殿仪式[1]。

　　女官的各个厢房里，有人进进出出地送来了大袋子和包裹。打开来一看，唐衣上的刺绣、裳裙下摆的螺钿和刺绣花边都非常精美，甚至令我觉得有些诚惶诚恐。我怕被别人看

1　御汤殿仪式：新生儿初次入浴的仪式。

见，赶紧把它收起来，然后一边梳妆打扮，一边对其他女官说道："我要的扇子怎么还没送来呢？"

我坐在厢房里向外眺望，只见寝殿大门前守候着中宫大夫藤原齐信、东宫大夫藤原怀平等众多公卿。道长大人走到庭院里，让侍从清理这几天被落叶覆盖住的溪流。在旁围观的人都喜气洋洋的，即便是心有牵挂之人，此刻也会浑然忘掉自己的忧愁。在这喜庆的氛围中，中宫大夫虽然没有特别喜形于色，但脸上自然流露出无比欣慰之情。右宰相中将藤原兼隆则与权中纳言藤原隆家坐在东厢房的檐廊上谈笑。

　　头中将源赖定从宫中带着天皇赏赐给小皇子的佩刀前来。但今天恰好是奉币使前往伊势神宫的日子[1]，在使者回宫之前的这段祭神期间，触秽者不可上殿。因此，道长大人只让赖定站在东侧庭院外，让他回去向天皇禀报母子平安。据说还给了赏赐，可惜我没有看到。

　　为小皇子剪脐带的是道长夫人；给小皇子初次哺乳的是

1　朝廷每年派使者前往伊势神宫，九月十一日从宫中出发，同月二十日回宫。

橘三位；而小皇子的乳母，则由一直在府邸中做事、为人亲切且性情温和的大左卫门女侍担任。这位女侍是备中国守橘道时朝臣的女儿，藏人弁藤原广业的妻子。

《罐子、秤和碗》，窪俊满 绘

御汤殿仪式于当天酉时[1]举行。灯火点燃后，中宫职[2]的侍从们在绿色衣裳外又披上白色丝袍[3]，随即端来热水。摆放水桶的台面上全都覆盖着白布。尾张国守藤原知光、中宫职的侍从长六人部仲信二人把水桶抬到帘下。在帘内取水的有两位女官——橘清子命妇和播磨，她们把热水从桶中取出，调好水温。然后再由另两位女官——大木工和右马用素烧罐

---

1 酉时：傍晚五至七时。

2 中宫职：掌管中宫事务的机构，隶属于中务省。

3 此仪式规定要穿白色衣物。

把水盛入十六个瓮里，剩余的水则全部倒入浴盆。这些女官上穿薄纱衣，下穿织得很细密的丝绸裳裙，外面套着唐衣，头上插着钗子，发髻上系着白色束带，看起来格外优雅。为小皇子洗浴的是宰相君，担任助手的是大纳言君。她们俩穿着仪式专用的白色浴衣，与平时大异其趣，显得别有一番风情。

小皇子由道长大人抱着。小少将君手持佩刀，宫内侍手持虎头[1]，走在前面。宫内侍的着装是这样的——唐衣呈松塔花纹；裳裙上绣着海景，看起来像是印上去的一样；薄绸裙腰上面绣着蔓草花纹。小少将君的裙腰上则用银线绣着秋日草丛、蝴蝶和小鸟，熠熠生辉。丝织物的穿戴有身份限制，并不是谁都可以随心所欲地穿戴的。所以，女官们也只能在裙腰上多花心思，装扮得别出心裁一些。

道长大人的两位公子和源少将等人大声吆喝着撒米驱邪，还互相比试看谁撒米落地的声音更响，颇为热闹。净土

1　虎头：虎头形状的器具。当时的习俗认为，新生儿入浴时，如果用此器具倒映在水中，可驱邪祛病。

寺的僧都正在诵念护身之法，眼看着米粒就要撒落到自己头上和眼睛里，连忙举起扇子遮挡。年轻的女官们见状不由得咯咯直笑。

读书博士[1]一职由藏人弁广业担任。他站在栏杆旁边朗读《史记》第一卷。鸣弦者[2]有二十人，其中官居五位与六位者各有十人，分别排成两列。

夜晚的御汤殿仪式[3]，则只是重复走一遍形式而已。仪式与先前那次完全相同，只是读书博士换了人，由明经博士兼伊势国守中原致时担任。他按惯例诵读了《孝经》。另外，文章博士大江举周还诵读了《史记》中的文帝之卷。七天内，这三人轮流担任诵读之职。

---

1 读书博士：在御汤殿仪式上诵读汉籍经典文章的人。

2 鸣弦者：在御汤殿仪式上拉弓鸣弦以驱邪的人。

3 御汤殿仪式按惯例是一日举行两次，一朝一夕。

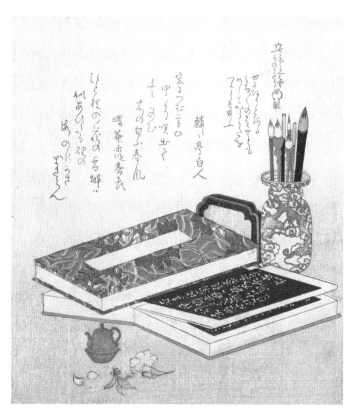

《书籍和笔架》，窪俊满 绘

　　中宫全身穿着洁白得一尘不染的衣物。在中宫面前，女官们的容貌和肤色可谓毫发毕现。一眼望去，就好像给精致的水墨画人物绘上了长长的黑发一样。这样的场面让我觉得特别难为情，甚至感到几分晕眩。所以，我白天几乎没在中宫面前露面，而是躲在自己的厢房里，悠然眺望着侍奉中宫的其余女官。几位允许穿禁色[1]衣裳的女官，穿着白色丝织唐

1　禁色：天皇、皇族专用的袍服颜色，禁止臣下穿着，共有七种：赤、青、黄丹、榱子、深紫、深红、深苏芳。或指有特殊图案、纹路的绫织物。此处指白色的丝织唐衣。

衣和白色衬裢，看起来都颇有端庄秀丽之感，却反而缺少了各自的特色。那些不允许穿禁色衣裳的女官，尤其是年纪稍大的几位，为了防止自己的着装显得太花哨，在非常漂亮的三层衬裢或五层衬裢外穿上丝织衣裳，然后再郑重地披上一件平纹唐衣。其中有的女官的多层衬裢还是绫或薄纱质地。女官们手中的扇子也是如此，既不显得过于华丽，同时又颇有情趣。大家还各自在扇面上抄写了一两句喜庆的古诗，想以此表现自己的品位。结果互相拿扇子一看，却发现年纪相仿之人竟然不约而同地抄写了同一句诗歌，未免有些可笑。很显然，女官们内心都不甘心比别人逊色。裳裙与唐衣上的刺绣自不必说，就连袖口也镶了细细的边，裳裙接缝处则用暗针把银丝线缝出绦带状的花纹。那些用银箔镶边并压成白绫花纹的扇面，感觉像是明亮的月光照在积雪皑皑的山上，熠熠生辉，让人无法直视，仿佛那是一面面高高举起的镜子。

　　皇子诞生后的第三日夜晚，以中宫大夫为首的中宫职官吏们一同侍奉御产养仪式[1]。中宫大夫右卫门督负责进献中宫的御膳。可惜我看不太清楚那些盛放膳食的沉香木餐台和银盘子。源中纳言与藤宰相为小皇子献上御衣、褟裸、衣箱里的衬布、用来包裹衣物衣箱以及盖住衣箱的布帛、用来放置衣箱的桌子，等等。依照御产养仪式的惯例，这些物品全都

---

[1]　御产养仪式：皇子诞生后的第三日、第五日、第七日、第九日的夜晚举行庆祝宴会，由族人亲戚赠送礼物。

是纯白色的，但每一件物品都制作得很精致，而且能体现出各位女官的风格特色。整个仪式的事务应该是由近江国守源高雅统筹安排的吧。东厢房西侧的那间房是公卿们的座席，以北面为上座排成两列；南侧那间房则是殿上人的座席，以西面为上座。正房的帘子旁边，向外摆着好几扇白绫屏风。

《风流锦绘伊势物语（二十四枚）》，胜川春章 绘

　　皇子诞生后的第五日夜晚，由道长大人主办御产养仪
式。十五日之秋夜，月色澄澈皎洁，池边树下点燃了几处篝
火，摆上屯食[1]。身份低微的男仆人一边闲聊着，一边到处走
动，这情形似乎为仪式平添了几分喜庆气氛。主殿寮的官吏
们排成队列，精神抖擞地举着火把，照得四周亮如白昼。就
连那些聚集在各处岩石后或树荫下的各位公卿随从，也都一
个个喜笑颜开地相互谈论着。他们似乎在得意洋洋地炫耀说，

1　屯食：将糯米饭捏成椭圆形饭团，摆在方盘上，供下级仆人食用。

为世间带来光辉的小皇子降生于世，也有自己每日诚心祈祷的一份功劳。至于道长大人府上的人就更不必说了，连不值一提的五位小吏都到处走来走去，见人就点头鞠躬致意。看那忙碌的样子，仿佛为自己遇上此吉日良辰而深感庆幸。

向中宫进献膳食的八位女官，全都穿着清一色的洁白装束，扎起头发，发髻上系着白色束带，手里端着白银餐盘，排成一列走进来。今晚担任陪膳之职的是宫内侍。她的容貌美丽端庄，而且在白色发带的映衬下，秀发垂肩的样子显得比平日更加动人。她以扇子掩面，而那扇子后面隐约露出的侧脸也格外俏丽。

梳了发髻的女官有这八位：源式部、小左卫门、小兵卫、大辅、大马、小马、小兵部、小木工。她们全都是颇有姿色的年轻女官，四人一列相向而坐，那情形确实很好看。女官们平日向中宫进献膳食时也是梳起发髻的。道长大人特意挑选出她们侍奉如此隆重的御产养仪式，可有的女官却觉得抛头露面很难堪，甚至还因此而哭了起来，真不吉利。

帐台东面的二间[1]之处，三十余位女官排列而坐，其阵势蔚为壮观。仪式的糕点由采女[2]们进献。寝殿东厢的门口摆放着几扇屏风，以隔开御汤殿[3]。另外还加了一对朝南的屏风，里面有一对白木架子，架子上摆放着糕点膳食。夜色渐深，皎洁的月光下，坐着许多我不认识的人——采女、水司[4]、担任梳发之职的女藏人，以及殿司[5]和扫司[6]的下级女官。还有几位大概是闱司[7]的女官，衣着和化妆都很随意，头上那仿佛荆棘丛生似的簪子显得颇有仪式感。她们挨挨挤挤地坐在寝殿东侧的檐廊和走廊出入口，简直让人无法通行。

进献完膳食之后，女官们都坐到帘子外面。灯火照耀下，一片熠熠生辉。其中，大式部的唐衣和裳裙上绣着小盐山的小

1　二间：清凉殿的其中一室。

2　采女：为天皇进献膳食的女官。

3　御汤殿：天皇的浴室。

4　水司：后宫十二司之一，主管饮用水、粥、冰窖等杂务。

5　殿司：后宫十二司之一，主管车舆、灯油、薪炭等杂务。

6　扫司：后宫十二司之一，主管铺设、清扫、会场设备等杂务。

7　闱司：后宫十二司之一，主管门户管理、出纳等杂务。

松林风景，显得尤有情趣。这位大式部是陆奥国守的妻子，也是道长大人的宣旨女官。大辅命妇的唐衣并没有经过精心雕饰，裳裙用银泥鲜明地印出海景，虽然并不光彩夺目，但看起来很舒服。弁内侍的裳裙上则用银泥印出海滨风景，上面还有仙鹤站立之图案，颇有新意。裳裙上还绣有松枝，"松树长青"与"仙鹤千龄"交相辉映，这构思可谓别具匠心。少将女官的裳裙上贴着银箔，看起来比上述几位女官逊色不少，其他女官都互相戳着胳膊肘偷笑。这位少将女官是信浓国守藤原佐光的妹妹，在道长大人府中已经有相当长的资历了。

当晚中宫府里的景致是如此风雅，以至于我很想让别人也有幸目睹。于是，我推开值宿僧人的屏风，说道："在这世上，没有比这更美好的景象啦。"僧人连忙停止拜佛，搓着双手说道："哎呀，不胜惶恐，不胜惶恐。"喜悦之情溢于言表。

公卿们起身离席，来到廊桥上。道长大人与众人一起玩双六[1]。这些达官贵人为了赢得奖品[2]而争得面红耳赤，实在不

1　双六：从中国传入的游戏，用两颗骰子，掷得同花为胜，异花为负。

2　当时常以纸张作为游戏奖品。

成体统。接着，他们还作和歌以表庆贺，并要求说："女官们，接到酒杯时就作一首呀。"各位女官都纷纷沉吟构思着，心想轮到自己时应该作什么和歌。我作了这么一首：

贺酒杯，明月映照放奇光。

犹如圆月，千秋相传。

女官们小声议论道："在四条大纳言[1]面前作和歌时，和歌本身自不必说，就连吟诵的声音也须注意哟。"也许是因为当晚诸事繁多，此时夜已渐深，女官们没有再被点名作和歌，就纷纷退下了。作为赏赐，公卿们得到一套女装，以及小皇子的御衣与褥袢。殿上人的赏赐物则是这样的：官居四位者得到一套夹袍和一件袴[2]；官居五位者得到一套衬褂；官居六位者得到一件袴。

---

1 四条大纳言：藤原公任（966—1041），擅长和歌、文章、管弦。
2 袴：和服的一种下裳。

《仪式用的屏风和器皿》，窪俊满 绘

　　翌日夜晚，月色皎洁，气候怡人。年轻的女官们泛舟游玩。大家都是清一色的洁白装束，那秀发和容貌比平日穿着各色衣裳更显得楚楚动人。

　　小大辅、源式部、宫木侍从、五节弁、右近、小兵卫、小卫门、大马、小休、伊势人等各位女官原本坐在岸边，左宰相中将（源经房）、道长大人的公子中将君（藤原教通）邀请她们上船，并让右宰相中将（藤原兼隆）撑篙。有几位女官悄悄躲开了，留在岸边，但又羡慕地看着池中的小船。池畔那洁白的白砂庭院映照回来的月光，为女官们的倩影和容貌平添了几分风韵。

北门外停放着许多辆牛车，因为天皇近侍的女官们也过来了——听说有藤三位、侍从命妇、藤少将命妇、马命妇、左近命妇、筑前命妇、少辅命妇、近江命妇，等等。但我不太认识她们，也许有的名字会记错。见有人突然来访，船上的年轻女官们连忙回到厢房。道长大人则不慌不忙地出来接待，而且谈笑甚欢，最后还按照各位女官的身份赠送了相应的礼物。

二十　第七日之御产养仪式以及换装仪式

——九月十七日夜、十八日

皇子诞生后的第七日夜晚，是朝廷主办的御产养仪式。藏人少将藤原道雅[1]作为朝廷敕使，携带着装有天皇赏赐物品目录的柳条盒，前来觐见。中宫过目之后，将目录还回给宫

1　藤原道雅（992—1054）：中古三十六歌仙之一，藤原道长的侄孙。

司。劝学院[1]的学生们列队迈着整齐的步伐前来朝贺。这些朝贺者的名簿也呈献给中宫。中宫过目后又将其还回给宫司，好像还赏赐了礼物。今晚的御产养仪式是朝廷主办的，所以尤为隆重，可谓热闹非凡。

我朝中宫的帐台里张望，只见正在休息的中宫面庞清瘦，略显憔悴，并没有显露出那种被尊为国母的雍容华贵。与平日相比，却有一种柔弱之美，看起来更加年轻可爱。帐台里挂着一盏小灯笼，照得四处亮堂堂的。在灯光下，中宫那美丽的肌肤更加娇嫩欲滴，而那浓密的秀发扎起发髻，也显得更加俏丽。我这么写，颇有一种"后知后觉"之感，所以就不再赘述了吧。

仪式流程与前几日大致相同。给公卿们的赏赐物品，从帘子里递出来——是一套女装以及小皇子的御衣。殿上人则以两位藏人头[2]为首，依次走到帘子旁边领取赏赐。朝廷的赏赐物品有大衬袿、棉被、丝绸等，大概是按照平时的惯例吧。

---

1 劝学院：平安时期左大臣藤原冬嗣为了藤原家族子弟的教育而设立的学校。
2 藏人头：藏人所的长官。

小皇子的乳母橘三位得到的赏赐，是按常规的一套女装，再加一件丝织细长[1]衣裳，装在银制的衣箱里。包裹衣箱的布应该也是白色的吧。听说还有些另外包装的赏赐物品，但我并没有见到，不知具体是何物。

---

1 细长：一种穿在小衬袿外面的平常服装，形状细长，宽袖。

《风流锦绘伊势物语（二十四枚）》，胜川春章 绘

二十一 第九日之御产养仪式
——九月十九日夜

皇子诞生后的第九日夜晚，东宫的权大夫[1]主持御产养仪式。一对白色的橱柜上摆放着各种庆贺礼品。这仪式颇为别致，是当世时兴的做法。银制的衣箱上压印着海景花纹，其中还有高耸的蓬莱山。尽管这样的构图很常见，但胜在符合当世潮流，做工精巧而雅致。凡此种种，无法一一列举，颇为遗憾。

今晚和平日一样立着表面绘有朽木花纹的几帐，女官们

---

1 即藤原赖通。

则穿上了深红色的打衣[1]。最近看惯了白色装束，所以红色衣服让人眼前一亮，显得高雅而美丽。放眼望去，到处是薄纱唐衣下透出的红衣光泽，但各位女官的身姿也同样清晰可见。

当晚，一位名叫小马的女官在宴会上出了洋相。

---

1 穿在外衣之下的衬衫，常用红色绫缎制成，并以砧槌捣练使之有光泽，属于女官装束。

直到十月十九日，中宫还在帐台中静养，没有外出活动。帐台位于东面正房的西侧，女官们不分昼夜地伺候于此。

道长大人也不管是在深夜还是凌晨，经常来此探访，每次一来就寻找乳母怀中的小皇子。乳母有时一不小心睡着了，睁开惺忪睡眼的样子可真狼狈。小皇子还什么都不懂，道长大人却自得其乐地把他抱起来逗着玩。这也是人之常情吧。

有时候，小皇子做出一些烦人之事[1]时，道长大人就解开

1　这里指小皇子在道长大人怀里撒尿。

衣带，脱下直衣[1]，让人拿到几帐后面用火烘干。他还乐呵呵地说道:"被小皇子尿湿了衣服，真叫人开心。我总觉得，把这衣服烘干，就能心想事成啦。"

---

1 直衣:贵族平时穿的袍服，与礼服相对。

道长大人非常希望能与中务亲王¹家结亲。他觉得我与中务亲王家关系较近²，所以经常来找我恳切地谈话。这让我有点不知所措。

1　中务亲王：村上天皇的第七皇子具平亲王（964—1009），二品中务卿。藤原道长希望长子藤原赖通能与中务亲王的女儿隆姬结婚。

2　紫式部的父亲和丈夫曾是中务亲王家的家司。

《三皇女和她的宠物猫》，铃木春信 绘

　　天皇驾临土御门府的日期逐渐临近，道长大人让人把府内装饰得更加漂亮。大家四处寻找美丽的菊花，找到就整棵挖回来。从晨雾的间隙里眺望，无论是精选出的各色菊花、盛开的寻常黄菊还是栽种着的各种其他样式的菊花，都令人感觉自己仿佛年轻了许多[1]。话说回来，倘若我也像常人那样无忧无虑的话，那自然可以潇洒风流、朝气蓬勃地度过这无常之世。可不知为何，即便当我耳闻目睹喜庆之事或有趣之

1　相传菊花有延年益寿之功效。

事时，内心还是会被一贯以来的思绪[1]所占据，忧郁而不能自拔，悲叹之事也日渐增多，令自己痛苦不堪。现在，我还是想办法忘掉这一切吧。忧虑再多也无济于事，反而使罪孽[2]更深……天已大亮，我茫然眺望着窗外——成群水鸟正在池中无忧无虑地嬉戏着。

　　水鸟游，视之岂可不相怜？
　　我亦游于，纷扰世间。

　　这些水鸟，看似游得悠然惬意，但其内心大概也自有其痛苦吧……我不由得对水鸟寄予了同情。

1　此处指出家遁世之心。
2　佛教中所指的罪孽。当时人们认为，现世的烦恼会成为通往极乐往生的障碍。

　　我收到小少将君的来信，正在写回信时，天空骤然变暗，开始下起了阵雨。信使也在旁催促我快写。于是，我在信的末尾写道："这天空也像我的心绪一样骚然不安啊。"并附上一首拙劣的和歌。

　　天黑时，我又收到了回信。印着深紫色云形花纹的彩纸上，写着一首和歌：

　　　　凝望间，暗云密布秋雨降。

天空垂泪，只缘思君。

我想不起先前在信中写了首什么样的和歌了，此时又提笔写下一首作为赠答：

时节雨，暗云犹有消散日。

我缘思君，袖未曾干。

《紫式部像》，鸟居清长 绘

天皇驾临之日，道长大人让人将新造的画舫停靠在池边，以供观赏。船头的龙头鹢首[1]栩栩如生，非常漂亮。

天皇预定于辰时[2]驾临。天还没亮，女官们就纷纷起身梳妆打扮。公卿们的席位设在西厢房，因此东厢房这边不像往日那般喧闹。听说，住在那边的内侍督[3]，其手下女官的衣装服饰反而打扮得比我们这边郑重得多。

1　画舫两艘为一对，船头分别装饰着龙头和鹢首。鹢，是一种传说中的水鸟。

2　辰时：上午七至九时。

3　内侍督：藤原道长的女儿藤原妍子（993—1027）。

凌晨时分，小少将君从家中回到土御门府。我们一同梳理头发。虽说天皇预定于辰时驾临，可按照惯例，肯定会推迟到晌午吧。于是我们渐生懈怠之心，而且又觉得扇子太过寻常，就让人去把另外订做好的送过来。正等待时，忽然外面传来天皇仪仗队的鼓声，于是急忙前往参见，实在是太狼狈了。

为迎接圣驾而奏响的船乐[1]十分悦耳。

轿夫们抬着御轿走向正殿屋檐下。我看着他们抬轿上楼梯、辛苦地匍匐前进的样子，心想：尽管他们身份低微，但这辛苦之状与我又有什么不同呢？我虽然在宫中侍奉高贵之人，但毕竟自己身份有限，又怎能真正做到无忧无虑呢？

天皇的御座设在中宫帐台的西侧，椅子摆放在南厢东面的房里。东边间隔一室之处，南北两侧都挂上帘子，女官们就坐在里面。南边柱子下，帘子微微掀起，两位内侍[2]走了出来。她们扎起发髻的模样，仿佛中国画里的人物一般俏丽。

---

1 在装饰着龙头鹢首的船上演奏的音乐。
2 左卫门内侍、弁内侍。

左卫门内侍手捧御剑，身穿青色平纹唐衣和深色裙裾的裳裙，领巾[1]与裙带是橙白相间条纹的提花织锦绫缎，唐衣里穿着菊套色的五重衣[2]，五重衣与衬袿之间是红色绸衫。其身姿举止以及扇子后隐约可见的侧脸显得华丽而清秀。弁内侍则手捧装有御玺的盒子，红色绸衣里穿着葡萄紫色的绫织衬袿，外面的裳裙、唐衣与左卫门内侍的一样。弁内侍身材娇小玲珑，神态略有几分羞涩拘谨，惹人怜惜。从扇子等饰物可看出，她的打扮更加别出心裁，领巾则是淡紫与白色相间的条纹模样。这两位内侍缓步前行的衣袂飘飘之状，恍如古时候的天女下凡。

　　近卫府的官吏们身穿得体的服装，在御轿旁边侍候着，颇有光彩夺目之感。头中将接过御剑和御玺，交给内侍。

　　环视帘内，几位允许穿禁色衣裳的女官照例穿着青色或红色的唐衣，搭配白底印花裳裙，唐衣里都是紫色丝织正装，

1　领巾：由肩部垂向双侧腰际的装饰布。

2　菊套色：夹衣的套色，分为叶菊（表白里青）、黄菊（表黄里青）、移菊（表淡紫里青）、苏芳菊（表苏芳里青）、残菊（表黄里淡青）等。五重衣：将袖口或裙裾的反窝边做成五层。

只有女官马中将穿着葡萄紫的。打衣上似乎印有色泽或深或浅的红叶，里面的衬袿，照例是深黄色或浅黄色，或表淡紫里青色，或表黄里青色，也有人穿的是三层衬袿，都各出心裁。而那些不允许穿绫织唐衣的女官，其中年纪稍大的几位，穿着青色或紫色的平绢唐衣，搭配五层衬袿——衬袿倒全都是绫织物。裳裙上印有海景图案，那海水的颜色鲜明耀眼。裳裙的围腰，大多数人用平纹的。衬袿是三层或五层的菊套色丝织物，没有花纹。年轻的女官们在菊套色的五层衬袿外面穿着各具特色的唐衣。也有人穿着菊套色的三层衬袿——外层白色，中间紫色，里层青色。至于菊套色的五层衬袿，则是最外层为淡紫色，往里一层比一层深，也有人在其中夹一件白色的。总而言之，只有那些配色有趣的服装才能表现出高雅的品位。还有几位女官的扇子装饰得太过夸张，简直难以形容。

平日大家随意相处时，其貌不扬之人混在众人之中还可以被分辨出来。可像今天这样，每个人都精心化妆，不甘示弱地把自己打扮得漂漂亮亮的，一个个都宛如日本画中的美人一般。所以，根本分辨不出容貌优劣，只能看出年长与特别年轻以及头发稀疏与浓密的区别。尽管如此，那以扇掩面的女官们隐现的额头，似乎也能显示出各自的容貌高低，实在是奇妙之事。在这其中尚能引人注目者，那必定是绝色佳人了。

早在天皇驾临之前，天皇的五名近侍女官就已经来到土御门府侍奉中宫了。其中内侍二人，命妇二人，陪膳者一人。因为要向天皇进献膳食，筑前命妇、左京命妇盘起头发，从刚才内侍出入的角落的柱子旁走出来，其婀娜姿态宛如仙女。左京在柳套色[1]衬袿外配一件青色无纹唐衣；筑前则是在菊套色的五层衬袿外配青色唐衣。两人都照例穿着白底印花的裳裙。陪膳女官橘三位似乎在青色唐衣里穿了件黄菊套色的唐绫衬袿，她也盘起了头发，只可惜被柱子遮挡住了，看不太清楚。

道长大人抱着小皇子来觐见。天皇把小皇子抱入怀中

1　柳套色：夹衣的套色，表白里青。

时，小皇子还稍微哭了几声，那声音听起来特别可爱。弁宰相君捧着小皇子的护身御剑在旁侍候。接着，小皇子被带到正房中门西侧的那间房——道长大人的夫人在那里。天皇走出帘外之后，宰相君才回到我们所在的东厢房，并说道："这么抛头露面的，太难为情了。"那羞红的脸显得端庄而美丽，就连她身上的衣服也似乎比别人的更加光彩夺目。

《风流锦绘伊势物语（二十四枚）》，胜川春章 绘

　　暮色渐沉，管弦之乐十分动听。公卿们侍奉在天皇身边，演奏了《万岁乐》《太平乐》《贺殿》等舞曲，然后在舞人退场时演奏了乐曲《长庆子》，最后划着乐船驶向池中假山前面的水路。随着乐船渐行渐远，笛声、鼓声与松风融为一体，回荡在树林深处，实在是太美妙了。

　　经过悉心清理的溪流畅快地流淌着，池水泛起涟漪。夜间寒气渐生，而天皇只穿了两件夹衣。左京命妇自己感觉到寒意，便担心天皇衣物单薄。听她这么一说，女官们都忍不住偷偷发笑。筑前命妇说道："先太后[1]在世时，曾经多次驾临土御门府啊。那时候……那时候……"大家担心她一回忆往事难免会伤心落泪，太不吉利，于是都心生厌烦，各自用几帐隔开，不和她搭话。此时，如果有人问一句"那时候怎样呢？"，她肯定会马上掉眼泪的。

御前的管弦演奏开始了，正到美妙之处时，传来了小皇子可爱的啼哭声。右大臣夸赞道："《万岁乐》与小皇子的声音听起来很合拍呀。"左卫门督等人齐声诵念："万岁，千秋！"土御门府的主人道长大人叹道："哎呀，虽说此前曾多次接驾，却又哪里有今日这般荣耀啊！"乘着醉意，竟潸然泪下。今日之荣耀自不必说，而道长大人那无限感慨之神情，也令人欣慰。

道长大人前往西厢房公卿席位入座。天皇走进御帘里，召右大臣入内，令其执笔书写晋升者名簿。中宫职的官吏、道长大人府中的职员全部加官晋爵。此次晋升的草案，由头

1　东三条院藤原诠子（962—1002），一条天皇的生母，藤原兼家的女儿。

弁[1]奉命上奏。

小皇子被封为亲王。道长大人门下的公卿们齐献拜舞，以表庆贺。同属藤原氏而另立门户者，则没有加入队列之中。随后，被任命为亲王别当[2]的右卫门督献上拜舞。这一位可是中宫大夫哟。其后献舞的是中宫权亮[3]，他此次晋升为侍从宰相。各位依次献上拜舞。天皇步入中宫室内。过了一会儿，门外传来呼唤声："夜已深，备轿！"于是，天皇便起身回宫。

1　头弁：藏人头而兼任弁官者。

2　别当：在本职以外兼任其他官职。这里是指中宫大夫右卫门督藤原齐信兼任新亲王相关事务的长官。

3　即藤原实成（975—1045），藤原道长的堂弟。

《两位女郎》，窪俊满 绘

　　翌日清早，晨雾尚未消散之时，皇宫派来的御使就到了。我不小心睡过头，没有见到。今天是小皇子初剃胎发的日子。特意安排在天皇驾临之后进行。

　　另外，侍奉小皇子的亲王府职员、别当、侍者等人选也在当天确定了。我事前没听到消息，颇为遗憾。

　　最近一段时期，中宫的居室因为用作产房而装饰得十分简朴，与平时大异其趣。而今天又恢复了原状。中宫是如此雍容华贵，无可挑剔。盼望多年的皇子降生之愿望终于实现，每日天亮时，道长大人与夫人就会来这里，悉心照料小皇子，其喜庆祥和之景象尤为有趣。

　　暮色渐沉、月光皎洁之时，中宫权亮想找一位女官转奏中宫，为自己晋升之事表示谢恩。侧门附近有点潮湿，大概是小皇子刚沐浴过，房里也没什么动静。于是，他来到走廊东边的中宫内侍房间门口，问道："有人吗？"然后又来到中间的厢房[1]前，拉起没有插上栓的格子窗，问道："有人吗？"我在厢房里没有出去。这时，听到中宫大夫问："你在房里

---

[1]　这间就是紫式部的厢房。

吗？"我心想要是再假装没听见就太摆架子了，于是就随便应了一声。他俩似乎都是一副志得意满的神情。中宫权亮责怪我说："我叫门的时候你不搭理，对中宫大夫却特别优待。虽说合乎情理，但总归不太好吧。在这种私下里的场合，官职高低又何必分得这么清楚呢？"随后，他还用动听的声音唱起了催马乐[1]："今日之荣耀……"

夜渐深沉，月光如水。他俩要求我取下格子窗的下半部分[2]。虽然这里并非公众场合，但我若不顾身份而任由公卿们在窗前久坐，还是有失体统的。倘若是年轻女官，不知分寸地开玩笑倒也情有可原，可我又怎能做出这样轻率的举动呢？所以，我没有取下格子窗。

1　催马乐：日本古代歌谣。此句出自催马乐《安名尊》。

2　格子窗分为上下两部分，取下下半部分，就可以坐在窗台边说话。

《风流锦绘伊势物语（二十四枚）》，胜川春章 绘

　　小皇子诞生五十日那天，是十一月初一。女官们照例穿得漂漂亮亮的，聚集在中宫身边。那场面就像画中描绘的物合会[1]一样。

　　中宫的帐台东侧的座席边上摆放着几帐，从里面的隔扇一直到檐房的柱子，其间不留空隙。南面的檐房里摆放着小

_____

1　物合会：参加者盛装出席，分坐左右两列，出示己物以比较优劣。有歌合、花合、绘合、扇合等。

皇子和中宫的御膳。其中，摆在靠西位置的是中宫的膳食。按照惯例，大概是用沉香木托盘和高级餐台之类的来盛放吧。这些我并没有亲眼看到。陪膳的女官是赞岐宰相君。传递膳食的女官都扎起发髻、插上钗子。小皇子的陪膳女官是大纳言君，在靠东位置摆放好了膳食。小巧玲珑的餐台、几个小盘子、筷子架以及盆景装饰物，看起来就像过家家的游戏道具一样。东侧檐房的帘子微微掀起，弁内侍、中务命妇、小中将君等女官依次传递并进献膳食。我坐在靠近里面的位置，看得不太清楚。

当晚，少辅乳母被允许穿禁色衣裳，仪态端庄地抱着小皇子。在帐台里，道长大人的夫人接过小皇子，膝行而出。灯光下，夫人的姿态显得尤为尊贵，红色唐衣配一条印花裳裙，端庄得体，十分动人。中宫穿着葡萄套色的五重衬袿，外披一件苏芳色的小袿。道长大人亲自向小皇子进献年糕[1]。

公卿们的座位照例设在东厢房的西侧。两位大臣[2]也已

---

1 新生儿在出生五十日、一百日的庆祝仪式上，应由父亲或外祖父喂食年糕。
2 右大臣藤原显光（944—1021）与内大臣藤原公季（957—1029）。

入席。公卿们来到廊桥上，趁着醉意大声叫嚷。道长大人的侍臣们搬了许多点心盒与水果篮过来，整齐地摆放在栏杆边上——这些是进献给小皇子的贺礼。松明的光不够亮，所以又唤来官居四位的少将等人，令其点上脂烛[1]，以便让大家观赏。这些贺礼本来应该送到宫中的台盘所[2]去，但因为明日开始是天皇的避忌之日[3]，所以今晚之内全部都要收拾好。这时，中宫大夫来到御帘前，向中宫启奏："请召公卿们前来觐见。"中宫准许了。于是，以道长大人为首的公卿们纷纷前来觐见。以寝殿正面台阶东侧的房间为上座，一直列坐到东边侧门的前面。女官们排成两三列坐着。御帘由坐在那一间的女官们卷了起来。

大纳言君、宰相君、小少将君、中宫内侍依次而坐。右大臣走到近旁，撕开几帐的垂幔，开始耍酒疯。大家批评他说："都一把年纪了还这样……"但他不管不顾，抢走女官们

1　一种便于携带的照明器具，又称"纸烛"，将松木切成长约45厘米，直径约1厘米的棒状，一端烧焦后涂油，手持端用纸缠卷制成。

2　台盘所：宫中放置餐台（台盘）的地方。

3　古时阴阳家有避忌方位的说法。如遇天皇避忌之日，侍臣应留宿殿上伺候。

的扇子，还讲了许多无聊的笑话。中宫大夫端着酒杯向右大臣走过去。席间唱起了催马乐《美浓山》。管弦演奏虽然简单，但颇为有趣。

隔壁房间里，右大将倚靠在东面的柱子下，一一细数着女官们的衣裾两端和袖口的颜色。那神情举止自是与众不同。我看大家都喝得醉醺醺的，心想反正没人认出我是谁，于是心情也放松下来，与右大将随便聊了几句。他似乎比那些附庸风雅之人要高尚得多。这时，酒杯传到他的手中——轮到他即兴吟诵和歌以表庆贺了。他面有难色，但还是吟诵了一首老套的"千秋万代"[1]应付过去了。

左卫门督在几帐外面探头问道："冒昧地问一下，若紫[2]在这里吗？"我没搭理他，心想：这里既没有光源氏那样的人物，若紫又怎么会在呢？这时，道长大人说道："三位亮[3]，接杯！"中宫权亮站起身来，因为考虑到他父亲内大臣也在

---

1 神乐歌《千岁法》。其中有一句歌词为"千秋万代"。

2 若紫是《源氏物语》中的人物。此处，左卫门督把紫式部称为"若紫"，是故意调侃她并不年轻。在日语中，"若"表示年轻之意。

3 即官居三位的中宫权亮藤原实成（975—1045）。

座，所以特意从南面阶下绕行到道长大人面前[1]。内大臣见状，不由得流下了感动的眼泪。权中纳言走到靠近角落的房间柱子旁边，胡乱拉扯兵部女官的袖子，还说一些不堪入耳的笑话。道长大人却一言不发。

1　为了表示对父亲的尊敬而不直接从其面前经过。

　　看到今晚的各种醉态，我担心会发生什么可怕的事。所以，宴会一结束，我就和宰相君商量说要找个地方躲起来。东面那间房里，道长大人的几位公子与宰相中将等人吵吵嚷嚷地走进来，我俩只得躲到帐台后面。不料道长大人却撤掉几帐，抓住了我俩的袖子，让我们坐到旁边，并说道："每人各作一首和歌！否则就不放你们走。"我心里既厌烦又害怕，只得作了一首：

　　　　小皇子，圣君盛世永相传。

千岁之龄，如何能数？

"哇，好歌！"

道长大人念了两遍我的和歌，随即也作了一首：

仙鹤龄，纵使千年亦有寿。

皇子千岁，亦必可数。

道长大人已经喝得酩酊大醉，所作和歌却仍然是他一直惦记在心的小皇子，实在令人感动。正因为道长大人如此重视小皇子，所以各种仪式才会装饰得如此美轮美奂。就连我这样一个微不足道的小人物，也由衷地祝愿小皇子寿逾千年、盛世永传。

"中宫，你听到了吗？我作的和歌很不错呢。"道长大人自夸道，随即又半开玩笑地说，"我作为中宫的父亲，当然是称职的；中宫作为我的女儿，也还算够格。你母亲肯定觉得很幸福，正在那儿笑呢。可能是庆幸自己嫁了个好夫君吧。"

　　说出这样的话来，可见醉得不轻。不过，道长大人也只是开开玩笑而已，并没做什么出格之事。虽然有些令人担心，但还是相当喜庆的。道长大人的夫人大概是觉得不忍卒听吧，起身准备返回自己住处。道长大人说道："不送一送的话，你母亲会记恨的哟。"说着，连忙从中宫的帐台穿行而出，一边走还一边自言自语道："中宫可能会觉得我失礼了吧。不过，正因为有我这样的父亲，才有这样优秀的女儿嘛。"女官们都笑了。

　　中宫返回皇宫的日期逐渐临近，但女官们一直忙于参加各种庆典仪式，没有闲暇时间。中宫又说要制作物语册子[1]，所以天一亮我就第一个来到中宫面前侍候。先选出各种颜色的纸张，附上物语的原本，再给各处写信委托抄写。然后，还得把抄写好的物语装订成册。每天就在这样的工作中度过。道长大人对中宫说："哪个刚生完孩子的母亲会在这么

---

[1]　此处的"物语"被认为是紫式部创作的《源氏物语》。册子：把纸折叠装订而成的书，不同于卷起来的书。

冷的时候干这种活儿？"

尽管如此，道长大人还是多次送来了上等薄纸、笔、墨等用品，甚至还送来了砚台。中宫把那块砚台赐给了我。道长大人对此感到十分惋惜，责怪我说："没想到，你在这里伺候中宫，却偷偷做着这样的事啊。"

虽然这么说，但他又把上等的墨夹、墨、笔等用品送给了我。

我把从家中取来的物语原稿藏在自己的厢房里。可是，道长大人趁着我去侍奉中宫时，偷偷溜进来，将其找到并取走，然后全都交给了内侍督。修改得差不多的部分已经全部丢失，而尚未修改的草稿却这样流传出去了，到时难免会招来令我担心的评论。

《岁寒三友》，歌川丰广 绘

　　小皇子开始咿呀学语了。天皇急切地盼望着小皇子快点长大、早日进皇宫，也是人之常情吧。

土御门府庭院的池塘里，水鸟逐日增多[1]。我眺望着这情景，心想：如果中宫返回皇宫之前能下一场雪就好了，这个庭院的雪景该有多美啊。我暂时离宫回家，才待了两天，没想到真的下雪了。看着自家院子里那索然无趣的树木，我不禁愁绪万千。自从丈夫去世的这些年以来，我每日无所事事，茫然地沉浸在忧愁里。每当看见花开、听见鸟啼、看见季节变化的天空、月光、霜雪时，也只是隐约感觉到某个时

1　候鸟渐多，说明冬天逐渐临近。

节到来，心里却一直担忧自己的余生，不知未来将会如何，忧虑之情无处排遣。尽管如此，关于那些无聊的物语，我还是与几位交谈过而且感觉很投缘的人保持着书信往来，甚至托关系疏远之人帮忙捎带信件。我们在信中东拉西扯地谈论物语，聊以遣怀，虽然并没有因此而觉得自己是个有存在价值的人，但能暂时忘掉内心的羞愧与苦闷。然而，自从进宫供职以来，我清晰无比地感觉到这种痛苦。

为了解忧，我试着拿起物语来读，但感觉不像从前阅读时那么有趣，反而觉得索然无味。我甚至暗自揣测：那几位曾经与我亲切地谈论物语的友人，如今也许会瞧不起我，认为我是个无耻而浅薄之人吧。这么一想，连我自己都觉得羞愧，不好意思再写信给他们了。那些故作高雅的人，难免要怀疑懒散的女官会把信件到处乱扔。既然如此，他们又如何能够体会我内心的感受呢？这么一想，也是理所当然。于是顿觉百无聊赖，尽管没有与他们绝交，但逐渐疏远而中断音讯者也不在少数。另外，从前经常来访的友人猜想我进宫供职后肯定很少在家，于是也不便来访了。周围的一切，都仿佛变成了另外一个世界……在暂时闲居家中的日子里，这种感觉愈发强烈。我沉浸于无尽的哀愁之中。

我如今侍奉于宫中，经常说着场面话，只有几个可以推心置腹的友人、可以恳切交谈的朋友以及一起相处而逐渐熟悉的女官——只有这少数人让我觉得有亲近感，内心难免会有些孤独无助。

然而，大纳言君每晚侍奉中宫时与我躺卧聊天的情形，又使我感到怀念。也许我内心已经顺应了这样的环境吧。我作了一首和歌寄赠大纳言君：

犹怀念，宫中相卧长谈夜。

乡居之冷，鸭羽寒霜。

大纳言君回赠一首：

忆昔日，鸳鸯相拂羽上霜。

夜半醒来，思君相伴。

笔迹也娟秀清雅，令人不禁感叹：她真是一位完美无瑕之人啊。

其他女官来信说："中宫今日赏雪，可惜你回家去了。中宫为此而深感遗憾呢。"

道长大人的夫人则在信中说："我曾劝你别回家，可你却匆忙离开，还说什么会尽早回来，看来是骗我的吧。你已经回去好多天啦。"夫人的话也许是开玩笑，但我当时确实答应过会尽早回去，更何况夫人还特意写信来催，我只得诚惶诚恐地返回宫中。

《钱包与小槌》，鱼屋北溪 绘

中宫返回皇宫的日子定在十一月十七日。本来听说是戌时[1]起驾，结果却一直推迟到深夜。三十多位女官扎起发髻等待出发，但看不清楚都有谁。正房东面的房间和东檐房里，也坐着天皇的近侍女官十余人，与我们这些坐在南檐房里的女官隔着一扇侧门。

中宫的御轿里，由宣旨女官陪同乘坐。丝毛牛车里，乘

1　戌时：晚上七至九时。

坐着道长大人的夫人和怀抱小皇子的少辅乳母。大纳言君、宰相君乘坐在挂满金色饰物的牛车上。旁边那辆牛车上乘坐着小少将君、宫内侍。再下一辆则是我和马中将。马中将满脸不情愿的样子，大概觉得我是个讨厌之人吧。我心想：哼，摆什么架子呢。不由得对这样的宫中生活增添了一丝厌恶感。再往后面的牛车，乘坐着殿司的侍从君、弁内侍，再下一辆是左卫门内侍、道长大人家的宣旨式部。以上女官的乘坐次序是规定好的，除此之外的其余女官则照例随意乘坐牛车。

下车时，只见明月照遍四周，我不由觉得有些难为情，甚至感觉脚底轻飘飘的。我让马中将走在前面，自己也不知道要走向何方，只是脚步彷徨地跟在后头。后面的人看见我的背影会有什么想法呢？这么一想，我就更加无地自容了。

从檐廊第三个门走进房里，刚躺下，小少将君就过来和我说话。我们俩一边互相倾诉着在宫中供职之辛酸，一边脱下冷得发硬的衣服，扔到角落，然后穿上厚棉衣，生起暖炉。我们正互相取笑着对方冷得冻僵似的狼狈样时，侍从宰相、左宰相中将、公信中将等几位陆续过来问候，反而令人觉得厌烦。我本以为没人知道我在这里，可以安安静静地过一夜，没想到他们却不知从谁那里打听到了消息。他们若无其事地说道："明天一早再过来吧。今晚寒冷难耐，身体都冻僵啦。"随即从这边的警卫处门口出去了。看着他们各自匆忙赶路回家，我不由得心想："不知道是什么样的人正在家里等着他们回去呢？"我心生此念，并非感怀自己的身世，而是因为联想到世间一般的男女之情，尤其是小少将君——她如此优雅美丽，却经常为世事而忧愁。自从她父亲出家之后，不幸就开始降临，像她这样的好人竟然得不到幸运的眷顾。

　　道长大人昨晚赠送的礼物，中宫今早才仔细观赏。梳妆盒里的器具精美得无法形容。还有一对匣子，其中一个装着用白纸装订成的册子——有《古今和歌集》《后撰和歌集》和《拾遗和歌集》等。每部和歌集分为五册，每册四卷，由侍从中纳言[1]与延干[2]抄写而成。封面是薄绢，书绳也同样是

1　藤原行成（972—1027）：平安时期的书法家。

2　源延干：生卒年不详，僧人书法家，阳成天皇的重孙。

用薄绢做成唐式风格的。这些和歌集放在套盒上层。下层则放着大中臣能宣[1]、清原元辅[2]等古今诗人的个人和歌集的抄本。延干与近澄的笔迹本来就非常漂亮，再配上前所未见的精美装帧，使这些日常读物显得非常时尚而特别。

1　大中臣能宣（921—991）：平安中期的和歌诗人，《后撰和歌集》的编者之一。

2　清原元辅（908—990）：平安中期的和歌诗人，《后撰和歌集》的编者之一。

《书写工具与印章》，窪俊满 绘

五节会[1]的舞姬们于二十日来到皇宫。中宫给侍从宰相送去了舞姬的服装，又应右宰相中将的请求赐予了舞姬头饰，另外还赐予了一对匣子——内装熏香，外面的绳结以梅花进行装饰，颇有争芳斗妍之感。

1　十一月中，天皇于常宁殿观舞，由公卿及地方长官家各选派舞姬二三人。这一年的舞姬选派的是侍从宰相藤原实成、右宰相中将藤原兼隆等人的女儿。

往年都是等日期临近才匆忙开始准备，今年据说大家都格外重视，更加精心地进行筹备。当天，中宫居室对面的格子门外，排列得密密麻麻的灯火把四周照得光如白昼，甚至让人觉得有些无地自容。舞姬们缓步进场，那神态竟然如此从容自若。此刻，我无法把自己当作一个旁观者，而是感觉自己仿佛也置身于其中，只是没有被殿上人面对面地举着脂烛照下来而已。尽管我这边围着幔帐，但里面的大致情形还是能被人看得一清二楚的。一想到这里，我不免感觉十分郁闷。

业远朝臣[1]家的舞姬侍女们穿着织锦唐衣，即使在黑夜里也光彩夺目，但因为穿得太多层而显得动作有些笨拙。殿上人对她们格外殷勤。天皇也来到中宫座席这边一同观舞。道长大人也悄悄坐在侧门北边观看。这让我感到十分拘谨，不敢随意走动。

中清[2]家的舞姬侍女们全都一样高，其优雅端庄之状比别

1　高阶业远：生卒年不详，丹波国守，敦成亲王家的家司。

2　藤原中清：生卒年不详，尾张国守。

家的更胜一筹。右宰相中将[1]家的舞姬侍女们做事十分周到，其中两位下级侍女的整齐装扮透出一股乡下人气质，引得大家忍俊不禁。最后是藤宰相[2]家的舞姬侍女。也许是先入为主的缘故吧，我觉得她们打扮得特别时尚而高雅。舞姬侍女有十人，她们坐在外檐房里，放下帘子休息。帘下露出的裙裾，反而比那些故意炫耀的显得更漂亮，在灯光的映照下熠熠生辉。

1　藤原兼隆。

2　即藤原实成，他与中宫身边的女官较为熟悉。

　　寅日清早，殿上人前来参见中宫。虽然这是每年的常例，但年轻的女官们似乎都觉着很新奇，也许是因为这几个月以来跟随中宫在娘家居住得太久的缘故吧。不过，今天还没看到有人穿蓝色印花袍服[1]。

　　当晚，中宫召见东宫亮[2]，赐予熏香。熏香装在一个较大的匣子里，堆得高高的。道长大人的夫人则赏赐了尾张国

_____

1　公卿们参加祭神仪式时穿的服装。新尝会、丰明节会是在翌日和后日，所以今天还没有人穿此袍服。

2　即高阶业远。

守。当晚在天皇御前试演五节舞，中宫也前往清凉殿观看。因为小皇子也在，所以众人还撒米驱邪、高声吆喝，这情景感觉与往年大异其趣。

我没有兴致观看，就暂时回房休息，打算看情况再决定是否前往侍奉中宫。小兵卫、小兵部等女官也坐在火盆旁边，议论道："地方太小了，想看也看不清楚呀。"这时，道长大人走过来催促说："为什么在这里闲聊呢？快一起过去吧！"我虽然不太情愿，但也只得来到中宫旁边。看着舞姬们的表演，我心想：她们想必也很痛苦吧。尾张国守家的舞姬说是身体不适，退下去了，那神情恍如梦中。不久，五节舞试演结束了，中宫返回了自己的住处。

最近几天，年轻的公子们都在饶有兴致地谈论五节所[1]的各种趣事："帘子边缘啦，幔帐上的幕布啦，每个房间的装饰都各具情趣。那些舞姬侍女们的发型和举止也各不相同，各有风韵……"简直是不堪入耳。

1　五节所：五节舞姬们在宫中的休息室。

《新年的第一幅书法》，鸟居清长 绘

今年的仪式特别隆重。即便在往年，童女御览仪式[1]上的童女也会非常紧张，更何况今年呢。我有些担心，盼着她们早点出场。不一会儿，只见童女们列队走了出来。我不由感到一阵心痛，对她们满怀同情。尽管如此，我并没有对其中某一位特别有好感。也许因为这些童女都是各家精心挑选出来的，大家看得眼花缭乱，也难以区分优劣。对于新潮之人

---

1 天皇把舞姬的陪侍童女们召入清凉殿，举行观赏仪式。

来说，大概一眼就能分出孰优孰劣吧。然而，在这样的光天化日之下，又不允许一直举着扇子遮脸，在周围众多公子哥儿的众目睽睽下，这些童女即便有着相当的身份与见识，也难免会怯场，从而丧失了不甘示弱的勇气——我对她们感到无比同情，也许是因为自己性格太古板了吧。

丹波国守家的童女穿着青白橡色的汗衫[1]，十分漂亮。藤宰相家的童女穿着红白橡色的汗衫，陪侍童女则穿着青白橡色的唐衣，其服装色彩相映成趣，令人艳羡。她们的容貌也无可挑剔，只有取火童女[2]稍显逊色。宰相中将家的童女个个身材苗条，发型也很好看。其中有个过于老练的取火童女，不知为何引起了观众们的议论。童女们都穿着深红色的夹衣，外面再披上各式各样的五层汗衫，只有尾张国守家的童女是葡萄套色[3]——这样反而显得颇有雅趣，衣裳的颜色和光泽也很漂亮。其中有个陪侍童女相貌非常出众，然而，

1　汗衫：女童的正装，后襟较长。

2　取火童女：手捧香炉的陪侍童女。

3　葡萄套色：汗衫的套色，表紫里红。

当六位藏人走近想取下她的扇子时，她却主动将扇子扔了过去。虽然勇气可嘉，但这样的举动毕竟不太像女孩子所为。然而，话虽如此，假如我们也像她们那样被迫在众目睽睽之下登场的话，恐怕也同样会彷徨不知所措吧。我从前可曾想过自己会这样出入于人前？但此刻显而易见——最浅薄之物莫过于人心。从今往后，我大概也会变得厚颜无耻，完全习惯在宫中供职的生活，与男人直接面对面时也不会觉得难堪了吧……我恍如梦中地想象着自己的将来，最终甚至冒出了不应有的念头[1]。每当陷入忧虑时，我又无心观看眼前的盛典了。

---

1 此处指出家遁世的想法。

　　侍从宰相[1]家的五节所离中宫居室很近，从这边能看得一清二楚。从格子门上方，还可以看到大家谈论甚多的那张帘子的边缘。外面隐约传来说话声。"那位叫左京[2]的女官，在弘徽殿女御[3]那里混得很熟了嘛。"宰相中将[4]说道。

———————————

1　即藤原实成。

2　原为皇宫里的女官，现在侍奉女御。

3　藤原义子（974—1053）：藤原公季之女，藤原道长的堂妹。女御：地位仅次于中宫的妃子。

4　源经房，生卒年不详。

他从前就认识左京。源少将[1]也认识，就接过话茬："那天晚上，侍从宰相家的舞姬侍女里头，坐在东边的那位就是左京哟。"有几位女官出于某种缘由，想打听左京的消息，就纷纷说道："这事可真有趣。喂，我们可不能假装不认识她呀。她从前在宫里总爱故作高雅的，没想到现在竟然以舞姬侍女的身份回来宫中。她本人肯定想瞒着大家，但我们总得给她好好宣扬一下呀。"女官们从中宫的众多扇子里特别挑选了画有蓬莱山的扇子，这当然是别有用意的[2]，只是不知道左京能否理解其中的意思。她们把扇子打开平放到盒盖上，又把舞姬的头饰揉成团放在上面，然后细心地插上弯曲的梳子[3]，在两端系上白纸以示禁忌。"她也徐娘半老啦，这梳子的弯曲程度还不够吧。"那几位认识左京的公子们如此说道。于是就换成新式的梳子——梳脊弯曲得两端都几乎要碰到一起了。然后把熏香揉成团，随便切掉头尾，再另外用两

1　源济政。

2　蓬莱山是传说中的不老仙山。女官们借此讽刺左京已不年轻，老如仙人。

3　梳子的弯曲程度与插用者的年龄相应。

张白纸叠在一起，做成正式书信的样式，并让大辅命妇在信中写上这样一首和歌：

丰明节，宫女芸芸齐聚此。

君之头饰，尤惹人怜。

中宫提议："既然要赠送礼物，不如做得更风雅些，再多送几把扇子。"女官们回答说："这么郑重其事的话，就不符合本意了。如果是中宫要特别给予赏赐，则不该采取这种私下的、别有用意似的做法。我们这次属于私事。"然后就派了一位左京应该不认识的女官前往送信。她去到那边，将书信高高地举起，说道："这是弘徽殿女御写给左京君的信，中纳言君[1]让我转交的。"大家正担心着如果她被那边留住就麻烦了，幸亏她放下信就跑了回来，说那边有个女人问她是从哪里来的。不过，左京大概不会起疑心，会真的以为这封信是出自女御之手吧。

---

1 弘徽殿女御的近侍女官。

四十一　五节会过后

——十一月二十六日

这几天没什么特别的消息。五节会过后，宫中似乎突然变得冷清下来。巳日[1]晚上的雅乐排练非常动听。那些年轻的殿上人都感觉意犹未尽，心中若有所失。

高松府[2]的几位小公子，从中宫返回皇宫当晚开始，就被准许出入女官们的厢房。他们时常从旁边经过，令人感觉很

———————————

1　十一月二十四日。
2　藤原道长的第二夫人源明子居住的府邸。

不自在。于是我就经常借口说自己已不年轻而躲起来。这几位公子对五节会并没有特别留恋，而是整天跟在小休、小兵卫等年轻女官的裙裾和汗衫后头，像小鸟似的叽叽喳喳地嬉戏打闹。

《宫廷仕女扮演大黑天》，胜川春亭 绘

临时祭[1]的奉币使[2]由道长大人的公子权中将[3]担任。当天是宫中的避忌之日，道长大人留在宫中值宿，公卿们以及在临时祭上担任舞人的年轻公子们也都留在宫中值宿。一整个晚上，女官厢房附近都十分嘈杂。

1　指贺茂的临时祭——每年十一月下旬酉日举行的贺茂神社祭祀活动。所谓"临时祭"，是相对于每年四月举行的"本祭"而言。

2　奉币使：在神社向神献币帛的使者。

3　右近卫权中将藤原教通。

临时祭当天清早，内大臣¹的侍卫将礼物交给道长大人的侍卫，然后就回去了。礼物摆放在前几天赠送扇子给左京的那个盒盖上——那是一个银制的书箱，里面放有镜子、沉香木梳和银簪子等用品，大概是用来给奉币使梳理头发的。书箱的盖子上，写着凸起的苇手书²——似乎是对前几日送给左京的那首和歌的答歌，其中有两个字脱落了。这些礼物显然与我们的本意大异其趣。听说，这是因为内大臣以为这边送给左京的物品是中宫所赐，所以才这样郑重其事地回礼。本来只是个小恶作剧，结果却闹得这么大，实在有些过意不去。

道长大人的夫人也来到皇宫里，观看奉币使的出发仪式。奉币使的头冠上插着手制藤花，英姿飒爽，气宇轩昂。内藏命妇³对旁边的舞人视若无睹，只是目不转睛地看着他，眼中饱含热泪。

1　藤原公季，弘徽殿女御的父亲。

2　苇手书：在水边芦苇的画面上，写上形似流水或芦苇的图案化文字。

3　藤原道长家的女官，从前曾任藤原教通（奉币使）的乳母。

凌晨丑时[1]，奉币使一行从贺茂神社回到宫中。因为当天是宫中的避忌之日，所以回宫仪式中的神乐演奏也只是简单地走了一下形式。兼时[2]直到去年还能胜任舞人之职，但今年的舞姿动作已经老态毕现。虽然我与他非亲非故，但也不由感到同情，而且还时常联想到自己，不免忧从中来。

1　凌晨一至三时。

2　尾张兼时，当时著名的舞人，曾担任藤原教通的舞师。

《松间的宫廷女郎》，二代葛饰戴斗 绘

十二月二十九日，我从家里返回宫中。记得我当年就是在这一天晚上初次进宫的。回想当初，我连走路时都感觉恍如梦中，而今已经完全适应了这种生活。对于这样的变化，连我自己都感到厌恶。

夜深了。中宫因为避忌之日而深居室内，我没有前往侍奉，而在厢房里寂寞地躺着。这时，厢房里的其他女官兴奋地说道："宫中就是不一样啊。要是在自己家的话，这个时候早就已经睡了。可在这里呀，时不时响起少爷公子们的脚步声，叫人怎么睡得着嘛。"

听到这话，我就自言自语地吟咏了一首和歌：

岁暮至，深夜风声催人老。

我心悲凄，谁人知晓？

除夕之夜，驱鬼仪式早早就结束了。我闲下来，正打算染黑牙齿[1]、稍微化点妆时，弁内侍来了。我们闲聊了一会儿，然后就躺下睡觉。内匠藏人坐在柱子间的横木下方，专心地指导童女阿笛如何缝制衣裾的多层褶边。忽然，中宫居室那边传来了惊叫声。我推醒了弁内侍，但她没有立刻爬起身来。这时，外面又传来哭喊声。我非常害怕，不知道该如

---

[1]　当时有用铁浆染黑牙齿的风俗习惯。

何是好。我原以为是失火了，但看样子并不是。我把内匠藏人往前推着，说道："内藏君，快点，快点！"接着又用力拉起弁内侍："中宫就在那边的居室里。无论如何，我们先过去看看情况吧。"

我们三人浑身颤抖、踉踉跄跄地来到中宫居室，只见有两个人光着身子蜷缩在那里。仔细一看，是靫负和小兵部两位女官——原来她俩被潜入宫中的盗贼抢走了身上的衣服。得知发生了什么事时，我们越发觉得可怕。御膳房的人已经全都回去了，中宫的随身侍卫和宫廷侍卫们也在驱鬼仪式结束后就退下了。任我们拍手大叫，也没有人应声过来。于是，我只得把在御膳房值宿的老女佣叫出来，也顾不上体面了[1]，直接吩咐她："清凉殿的南檐房那边有个任兵部丞的藏人[2]，你快去叫他过来，快去！"老女佣立刻过去找人，但兵部丞藏人也已经回去。这实在是太悲惨了。

后来，式部丞藤原资业终于过来了。他独自来回走动，

1　高级女官对下级女佣直接说话，被认为有失体面。
2　即藤原惟规（？—1011）：作者紫式部的同母兄弟。

为宫中各处灯台添上灯油。女官们茫然不知所措，面面相觑地坐着。天皇那边派了使者过来慰问中宫。这事真是太可怕了。中宫让人从仓库里取来衣服，给那两位女官穿上。幸亏正月一日要用的服装没有被抢走，所以两位女官也表现得若无其事。然而，她俩那光着身子的狼狈样却一直在我头脑中挥之不去。后来回想起来仍然心有余悸，同时也觉得有点滑稽，但也不好当面取笑她们。

正月一日，本来不应该说不吉利的话，但一不留意还是说起了昨晚发生的事情。今天又恰逢凶日，所以小皇子的戴饼仪式[1]被取消了。正月三日，中宫和小皇子才登上清凉殿。今年由大纳言君担任小皇子的陪膳之职，其装束如下：正月一日，穿红色衬裙、葡萄紫外衣、红色唐衣、白底印花裳

1　正月初一，将年糕放在小孩头顶上，口唱祝词表示祝福。

裙；正月二日，穿红梅[1]丝织外衣、深红色绸衣、青色唐衣、彩色印花裳裙；正月三日，穿樱花套色[2]的唐绫外衣、苏芳色的丝织唐衣。穿深红色绸衣时里面搭配红色衬袿，穿红色绸衣时里面则搭配深红色衬袿——这些都属于颜色搭配的惯例。女官们把萌黄套色、苏芳套色、或深或浅的山吹套色、红梅套色、薄色套色[3]等六种平常套色夹衣同时与外衣搭配着穿，看起来端庄而得体。

宰相君手捧小皇子的佩刀，跟随在怀抱小皇子的道长大人后面，来到清凉殿。她身上的装束是这样的：红色衬袿的袖口和衣裾三层五层、三层五层地交替搭配；同样为红色的打衣原本是七层袖口和衣裾，现在又加缝了一层，变成八层；外面穿着同样是红色的固纹[4]五层外衣；衬袿上织有葡萄

1　由紫色纵线和红色横线织成的丝织物。

2　樱花套色：夹衣的套色，表白里紫。

3　这里提到几种夹衣套色：萌黄套色为表淡青色里浅蓝色；苏芳套色为表浅褐色里深红色；山吹套色为表浅枯叶色里黄色；红梅套色为表红色里紫色；薄套色为表浅蓝色里浅紫色。

4　固纹：花纹图案不凸起来的织法。与"浮纹"（提花织法）相反。

紫色的提花硬木纹，在缝制手工方面也非常精致；再搭配三层裙边的裳裙、织有菱形花纹的红色唐衣，其纹样设计颇有唐风特色，十分新颖。她的发型梳理得比平时更漂亮，姿态和举止落落大方，身高也恰到好处，体态丰腴，面容端庄，焕发着光彩。

大纳言君娇小玲珑，肤色白皙，丰腴可爱，而身材看上去又显得挺苗条的。她长发垂地，比身高还要多出三寸，那发梢和发际美得无与伦比。她的面容俏丽可爱，行为举止也优雅端庄。

宣旨君身材娇小苗条，发丝整齐秀美，发梢比衬袿下摆还长出一尺多。她的气质无比优雅，甚至使我自惭形秽。她从帘子后面走出来姿态也落落大方，令人肃然起敬。她的气质和谈吐，会让人觉得，所谓高雅之人，也许就是这个样子吧。

東武大和畫師　奥村政信

《优雅女郎》，奥村政信 绘

接下来继续说女官们的容貌，恐怕就有点评头论足的意思了，尤其是评论当今之人。对于平时经常见面的人，我还是会有些顾忌。至于那些稍有瑕疵的人，我就不予置评了。

北野三位[1]的女儿宰相君[2]体态丰腴，面容端庄，看起来颇有才气和智慧。偶尔见面时，并不觉得她特别出众，但多

1　即藤原远度（？—989）：藤原道长的叔叔，官居从三位。

2　侍奉中宫的女官，藤原远度的女儿。与前文提到的"宰相君"并非同一人。

次见面之后，就会逐渐发现她的美，尤其是她的嘴角尽显气质，洋溢着几分妩媚。她举止优美，性格也很温和，率直可爱，但同时又有一种令人敬畏的高贵气质。

小少将君浑身散发出一种优雅的风情，恰似早春二月之垂柳。她面容俏丽，举止优美，性格十分谦让，似乎对任何事情都没有主见，而且在大庭广众下就像个小孩子似的，腼腆得令人不忍直视。如果有坏心眼的人故意贬低她、或者说一些不符合事实的话，她难免会因此陷入焦虑，甚至可能郁郁而终——她就是这样一个柔弱的人，实在令人担心。

宫内侍[1]也是一位清秀的美人。她的身材恰到好处，坐姿端庄大方，容貌有一种时尚之美，虽然说不清楚哪里长得特别好看，但整体看上去感觉清秀纯真。她那高鼻梁以及在黑发映衬下的白皙肤色，都比别人更胜一筹，发型、发际和额头也很美，显得楚楚动人。她的举止大方自然，性格温和，无论哪方面都让人放心，无论哪方面都处理很得体，可谓是

1　侍奉中宫的女官橘良艺子，生卒年不详。

女官之楷模。而且，她从来不会附庸风雅、装模作样。

宫内侍的妹妹式部女官体态丰腴得过于肥胖，肤色白皙润泽，面容端庄美丽。一头秀发也很好看，但可能是因为不够长吧，平时进宫奉侍时都会戴上假发。她那丰腴的体态十分妩媚，眉目与额头也很美，微微一笑便让人觉得百媚千娇。

在年轻女官之中，容貌俊俏的有大小辅、源式部[1]等。大小辅身材娇小，形象时尚，头发整齐秀美——以前她的发丝很浓密，比身高还要长出一尺多，而今变得脱落稀疏了。她的面容看起来清秀聪颖，无论谁看见了都会心生赞叹，她的相貌可谓是无可挑剔吧。源式部身高适中，体形苗条，面容端庄，而且越看越觉得俏丽可爱。这种清爽利落之感，不太像宫中女官，倒像是某户人家的闺秀。

小兵卫、少贰[2]等人也很漂亮。对于这些美人儿，殿上人很少视而不见，因此她们一旦出点差错就会人尽皆知。不

1　这两位都是侍奉中宫的女官。
2　这两位也是侍奉中宫的女官。

过，她们即使在没人留意之处也格外小心，所以才没被传扬出去。

宫木侍从[1]确实是一位标致的美人。她的身材娇小玲珑，本来会让人觉得她可以打扮成可爱的童女模样。然而，她却未老先衰，出家为尼，如今已经亡故。回想她最后一次进宫时，一头秀发稍微长过衬裙，发梢修剪得整齐而漂亮。她的面容真的很美。

有一位名叫五节弁[2]的女官。听说，平中纳言[3]将其收为养女，而且很疼爱她。她的面容俏丽如画，额头饱满，眼梢细长。虽说五官没有哪一处特别引人注目，但肤色白皙，轻舒玉臂时显得很有风韵。在我最初见到她的那个春天，她的发丝十分浓密，比身高还要长出一尺多。可如今却脱落得很厉害[4]，简直令人吃惊。发梢没有原先那么好看了，发丝长度也

1　侍奉中宫的女官。

2　侍奉中宫的女官。

3　即平惟仲（944—1005）：平安时代中期的公卿，任中纳言。

4　也许是因为其养父平惟仲突然死亡而伤心过度所致。

只比身高稍长而已。

还有一位名叫小马的女官，头发特别长。她曾经是个年轻貌美的女官，可如今却一意孤行地辞宫居家，简直就像粘了胶的琴柱一样固执[1]。

以上我逐一评论了各位女官的容貌。至于性格，则很难找出完美无缺的人。毕竟每个人都各具个性，既没有特别差的，也没有兼具气质优雅、考虑周到、才气过人、善解风情、值得信赖等优点的完人。每个人都各不相同，很难辨别优劣。我如此评头论足，实在是太不妥当了。

1　出自《史记·廉颇蔺相如列传》："王以名使括，若胶柱而鼓瑟耳。"

《廷臣与女郎》，铃木春信 绘

听说，斋院[1]御所那边有一位名叫中将君[2]的女官。出于私人关系，有人把她写给别人的书信偷偷拿给我看了。那封信写得很张扬，似乎认为世上只有她一个人善解风情，且思想之深刻无与伦比，世上之人既没有思想，亦不辨是非……看了这封信，我不由气上心头，为其他人感到忿忿不平。用身

1　斋院：在贺茂神社侍奉的斋王，也可指斋王的御所。斋王，是天皇即位时从未婚的内亲王或皇女中选出来的神职人员。当时的斋院为村上天皇的第十皇女选子内亲王，当年四十六岁。

2　侍奉斋院的女官，斋院长官源为理的女儿，和歌诗人，生卒年不详，据说是紫式部的弟弟藤原惟规的恋人。

份低贱者的话来说，就是觉得这人很"讨厌"。信中还写着诸如此类的话："和歌之趣，除了我们斋院之外，又有谁懂得欣赏呢？假如这世上真的有品位高雅之人出现，那也只有我们斋院能够赏识。"

信中所言确实有几分道理。然而，尽管中将君如此自夸，斋院那边所作的和歌却并没有特别出色的佳作。斋院御所只不过是个情趣盎然、生活风雅的地方而已。倘若要比较双方女官的优劣，依我所见，中宫身边的女官未必比斋院那边逊色。平时并没有人经常深入斋院御所内部进行观察，人们前往斋院御所，往往是在情趣盎然的月夜黄昏、风情十足的拂晓、赏花以及寻访杜鹃啼叫的时节。在这种时候，斋院自然拥有风雅之心，斋院御所也有一种超凡脱俗的神圣之感，而且不会有世间俗事纷扰。不像我们这边，时而中宫要去清凉殿参见天皇，时而道长大人过来探访或值宿。斋院御所既没有这些麻烦琐碎之事，女官们的言行举止自然会变得优雅起来。在如此环境中，即便极尽风雅之能事，又有什么值得夸夸其谈的？就连我这样，总想把自己像深山朽木一样掩藏起来的消极之人，倘若去了斋院那边供职，即便与陌生男子见面交谈，也不至于背上"轻薄女子"的骂名。这样一来，想必我的内心会变得从容平静，自然而然地养成举止优雅的习惯吧。更何况那些对自己相貌和年龄有信心的年轻女官，只要各自卖弄一下风情，说一些善解风情的话，那就不会比斋院那边的女官逊色很多。

不过，宫中并没有朝夕相见而互相争宠的女御或皇后，也没有能够用来互相比较"这一位如何"与"那一位如何"的竞争对手。无论男女都不会争风吃醋，因此大家都过得悠闲自在。从中宫的为人品格来说，卖弄风情会被她视为轻浮之举，因此那些希望做个普通人的女官都不太愿意抛头露面。当然，难免也有不懂矜持、不知害臊、不在乎自己名声的女官，她们表现出另一种与众不同的性格特点。不过，这样的女官往往因为性格轻佻而引得男人们前来搭讪，由此招致各种非议，例如说中宫身边的女官"过于矜持"或是"不够优雅"，等等。确实，中宫这边的高级女官、中级女官似乎都有点过于矜持、自命清高。其实这样并不能衬托出中宫的优美形象，反而显得很不体面。

我故意挑女官们的缺点加以评论，实际上每个人都各不相同，没有明显的优劣之分，有可能在某个方面表现出众，却在另一方面不如别人。然而，在当今连年轻女官们都故作老成持重的风气下，那些高级女官、中级女官如果经常嬉笑打闹的话，又成何体统？我只是希望这边的整体氛围不要如此缺少风情。

其实，我们这边的氛围如此也是情有可原。中宫品行完美，细心周到，举止优雅，但性格较为内敛，即使发现什么问题也不会说出来。因为她觉得，一旦说出来的话，难免会让下面的女官感到担心或后悔。确实，有时候贸然做出草率的行为，倒不如不做为好。从前中宫年纪尚轻的时候，手下有个不太细心谨慎的女官，总是一脸得意洋洋，随口说些不合情理的话，实在是有失体面。中宫听说此事之后，就产生了这种根深蒂固的观念：没有明显的过失、安闲度日，才是最稳妥的做法。而那些稚气未脱的年轻女官们自然会迎合中宫的心思，所以这里才形成了这样一种氛围——我是这么认为的。

　　如今，随着年龄增长，中宫已经完全明白处世道理、人心善恶以及做事分寸，而且还知道那些殿上人的所感所言——他们对中宫御所已经习以为常，觉得这里缺少情趣。诚然，不能因此而一味追求风雅，稍微走错一步就有可能流于轻薄。尽管如此，对于这种矜持有余、情趣不足的氛围，中宫也希望有所改变，并且向大家说出了自己的想法。不过，这种风气是很难改变的。就连那些追求时尚的年轻公子们，也会迎合这里的风气，每次来到中宫御所都会表现得忠厚朴实。而当他们在斋院御所那样的地方时，则自然会主动寻求或畅想畅谈赏月观花等风雅之事。据说，殿上人如此评论中宫御所的女官们：“每天出入于毫无情趣的地方，却能在日常谈话中听出趣味、说出趣味，在别人说出妙语佳句时也能不失体面地对答——这样的女官真的很少见了。”这话并非我亲自听闻，所以不予置评。

　　当有人前来探访时，想要回答他一两句，结果却说出了得罪人的话。这样当然很不妥，人应该善于应对才行。然而，具有这样优良品性的女官实在是太少了。难道非得装模作样地故作矜持才算是明智之举？又或者，应该到处大出风头才行？其实，根据各种时间场合用心应对才是最难的吧。

先举一个例子。中宫大夫[1]因有事启禀中宫而来访时，那些像孩子一般怯懦的高级女官就没法出去接待。即使出去接待，也不见得能把话说清楚。这并不是因为她们不会用词，也不是因为没有用心，而是因为觉得尴尬和难为情，唯恐自己一不小心说错话，所以不敢在对方面前说话，也不想让对方看见自己的样子。其他女官则似乎没有这么畏缩。既然进宫供职，自然难免要跟男人们打交道。所以，无论她们出身多么高贵，都会按照规矩行事。可这里的高级女官，却一个个表现得像公主一样矜持。如果让下级女官出去接待的话，大纳言[2]似乎又会感到不满。有时候大纳言来访，而那几位高级女官有的碰巧回家了，有的在宫中忙其他事情，结果没人出去接待，大纳言只得打道回府。别的公卿有事启禀中宫

1　藤原齐信（967—1005）：平安时代中期的贵族和歌人，一条朝四纳言之一。
2　即藤原齐信。

而来访时，通常会找与自己关系亲近的女官传达，如果这位女官不在的话，则只得扫兴而归。因此，这些公卿们一逮着机会就会说中宫御所的女官"过于矜持"，这也是情有可原的吧。

斋院那边的女官恐怕也会对这种风气表示不屑吧。可是，总不能因此就自以为是，认为别人缺乏眼光、不解风情，这样也太荒谬了。人终究是批评别人易，劝诫自己难。斋院那边的女官却不明白这个道理，总是自命不凡地轻视他者、批评世人，结果反而清清楚楚地暴露了自己的浅薄。

我本来想把这封信也拿给您看看的[1]，但某人把这封藏起来的信偷偷地拿给我看之后，又立刻收回去了。甚为遗憾。

---

1 紫式部以上这些评论是以书信形式写给某位高贵之人的。

《焚烧秋枫叶》，铃木春信 绘

　　和泉式部[1]这个人曾与我有过书信来往，其文字颇有趣味。尽管她也有令人不敢恭维的另一面[2]，但当她在信笺上随手挥毫时，就能展现出写文章的天分，字里行间文采斐然。她作的和歌也很有韵味。在关于古代和歌知识以及和歌理论

1　和泉式部（987—1048）：平安中期的和歌诗人，中古三十六歌仙之一。曾　　与冷泉天皇的两位皇子为尊亲王、敦道亲王相恋。宽弘六年（1009）开始　　侍奉中宫彰子。

2　这里指和泉式部的恋爱经历不符合社会伦理规范。

方面，她大概还不能算是真正的和歌诗人。不过，她随口创作的和歌里，却总有一点引人注目的趣味。虽然她擅长作和歌，但喜欢贬低或批评别人的和歌，可见并非真正精通此道。她大概是属于那种即兴随口吟诵和歌的类型，还没到令我自愧不如的程度。

丹波国守¹的夫人，在中宫和道长大人的府上被大家称为匡衡卫门²。她虽然不是特别出色的和歌诗人，但所作和歌别具风格。她没有因为自己是个和歌诗人就随处作歌，但她那些有名的和歌——即便是偶尔的感兴之作，也会令我自愧不如。而有的人却经常写出上下句语义断裂的和歌，或是写些故作风雅的和歌而自鸣得意，这些人真是既可恨又可怜。

清少纳言³这个人，经常摆出一副自命不凡的表情和做

1　大江匡衡（952—1012）：平安时代中期的贵族、歌人，和泉式部之父大江雅致的兄弟，中古三十六歌仙之一。宽弘七年（1010）三月开始任丹波国守。

2　大江匡衡的妻子赤染卫门（956—1041），藤原道长家的女官，中古三十六歌仙之一。

3　清少纳言（966—1025）：侍奉一条天皇的皇后定子的女官，随笔集《枕草子》的作者。《枕草子》与《源氏物语》被誉为平安文学双璧。

派。她总是自作聪明，到处乱写汉字，可仔细一看，却有许多不足之处。像她这样，总想表现得比别人优秀，结果肯定比别人逊色，变得每况愈下。惯于故作风雅的人，即使在寂寞无聊的时候，也要故意装出趣味盎然的样子，而且还不愿错过每个附庸风雅的机会，结果就会自然而然地形成不合时宜的轻浮态度。一个沾染上轻浮习气的人，又怎么会有好下场呢?

四十九　回顾自己的人生

　　回顾自己人生中的各种经历，却找不到一件值得回忆的事情。尤其是丈夫去世之后，我感觉自己从此无依无靠、无以慰藉，但不想因此而自暴自弃。不过，也许是因为这种自弃之心无处消遣的缘故，每当思绪万千的秋夜，我坐在檐廊外茫然眺望月亮时，那月色就会勾起我对往昔青春年华的怀念。因顾忌到眺望月亮的禁忌[1]，我稍稍退回屋里，但内心仍然愁绪万千，难以平静。

1　古时迷信认为，女人眺望月亮是不吉利的。

回想起某个凉风习习的黄昏，我独自弹奏起不甚悦耳的古琴。一边弹着，一边担心是否有人会听出"幽怨琴声，如泣如诉"[1]。如此忧虑，真是愚蠢而可悲。在破旧发黑的陋室里，调好弦的古筝与和琴就那么放着[2]，我也没有细心吩咐说"下雨天要把琴码放平"[3]，所以它们就那样沾满灰尘地靠在橱柜与柱子之间。旁边还放有琵琶，头部朝里地塞在夹缝间。屋里有一对塞满了东西的大橱柜——其中一个放着古代和歌集与物语书，但它们已经成了蛀虫的老窝，到处爬满可怕的虫子，所以没人敢打开来看；另一个橱柜里收藏着汉文典籍，自从将其视若珍宝的人[4]去世之后，就再也没有其他人碰过了。百无聊赖时，我偶尔也会从中抽出一两本来看。这时，侍女们就会交头接耳地议论说："咱家主人就因为经常读这些书，所以才会这么不幸。身为女人，为什么非得读

1　引用《古今和歌集》良岑宗贞之和歌："荒居里，疑为寂寞佳人住。幽怨琴声，如泣如诉。"

2　弹完琴后置之不理的状态。

3　下雨天如果琴码竖着的话，绷紧的琴弦受潮会变松，使声音变得难听。

4　藤原宣孝（？—1001）：平安时代中期的贵族，作者紫式部的丈夫。

那些汉文书呢？以前呀，女人连读经书都不允许的哟。"我听到这些闲话时，本来很想回敬说："我还从没见过哪个讲究吉利的人最后能长命百岁的。"但这么说的话似乎太刻薄了，况且她们说的也有些道理。

世上万事皆因人而异。有的人会表现得趾高气扬，喜形于色；有的人则因为寂寞之情无处排遣而找古书来看，或是虔诚地拜佛诵经、嘎嘎作响地手捻佛珠……但我觉得这样的做法不合我意。因此，就连本来可以我行我素之事，我也会因为对侍女们的目光有所顾忌，而无法随心所欲地去做。至于在宫中与别人一起共事时，就更不必说了。虽然有时也想发表意见，但转念一想还是觉得不说为好。在不理解自己的人面前，说什么都是枉费口舌，而在那些自以为是、喜欢批评别人的人面前，就更懒得开口了，以免引起麻烦。通晓各个方面的人实在难得，大多数人只会遵从自己内心的主观标准，以此否定别人。

这些人看见我那并非发自内心的表情时，还误以为我是腼腆怯懦，其实并非如此。只是因为，平时难免会与她们同席而坐，为了避免遭受非议而一一回应太麻烦了，所以我也就懒得解释，从而逐渐变成一个木讷呆滞之人。于是，她们都说："真没想到你的性格是这样的呀。我们原本还以为，你是个自命清高、严肃拘谨、让人难以接近的人。在大家的印象中，你喜好物语，故作风雅，动不动就吟诵和歌，而且还目中无人，时常嫉妒和蔑视别人……大家都这么认为，也都是这么议论你的，而且都很讨厌你。后来一见面才发现，原来你竟然如此温文尔雅，简直令人不敢相信，跟印象中的完全判若两人。"听到她们这么说时，我觉得有些尴尬，心想：她们竟然把我看成了一个老实人，真是太小瞧我了。不过，这毕竟是我主动表现出来的姿态，就连中宫也说过好几次："我原本以为你会很难相处，没想到反而比别人更容易亲近。"看来，我还需多加注意，以免被那些个性鲜明、举止优雅、颇得中宫垂青的高级女官们忌恨。

《三皇女》，初代歌川丰国 绘

一般而言，女人应以性格温和稳重、举止从容大方为本。只有这样，才可能培养出高雅的品位和情趣。即便是水性杨花的轻薄女子，只要她本性诚实，性格上没什么缺点，不要让周围人觉得难以相处，那就不会遭人讨厌。而那些自命不凡、说话语气和态度装腔作势的女官，即使自己在言行举止上多加留意，也难免会引起别人的关注。一旦受人关注，则必定会被人挑出毛病，包括言谈、走过来坐下的姿势乃至起身离去的背影等各个方面。至于那些说话自相矛盾或经常贬低他人的人，其言行举止就更容易引起别人的注意了。对于一个没有什么缺点的人，我连一两句批评的话语都不愿意说，反而想向其表示一下好感。

对于那些故意做坏事的人以及无意中做错事的人，都可以无所顾忌地进行嘲笑。对于讨厌自己的人，品格高尚者也许仍然愿意给予关怀和照顾，但一般人是无法做到的。即便是大慈大悲的佛祖，又可曾说过"诽谤三宝[1]罪过甚轻"？更何况身处如此污浊之世的凡人，当然会采取以眼还眼、以牙还牙的做法吧。在这种时候，有的人会不甘示弱地与对方恶语相向，或者气势汹汹地互相对视；有的人则善于掩饰自己的内心，表面上保持心平气和——从这两种截然不同的态度，可以看出一个人的思虑是否慎重。

1　佛教三宝是指：佛、法、僧。

有个叫作左卫门内侍[1]的女官，此人莫名其妙地厌恶我，而我却毫不知情，直到后来听到很多令人不快的风言风语。

天皇令人诵读《源氏物语》给他听时，曾夸赞道："这位作者想必是读过《日本纪》[2]吧，真有学识啊。"那位内侍听了，便信口开河地对殿上人说道："这人自恃很有学问。"还给我起了个绰号叫"日本纪女官"，真是可笑之极。我连在自家侍女面前都不太敢读汉文典籍，又怎么会在

1　皇宫里的女官橘隆子，生卒年不详。

2　《日本纪》：《日本书纪》的古称，这里泛指以《日本书纪》为代表的史书。

宫中炫耀学识呢？

家人式部丞[1]自幼习读汉文，我时常在近旁聆听。他有时会碰到难懂或容易忘记的地方，而我却很快就能听懂，令人称奇。爱好学问的父亲时常感叹道："可惜不是个男儿郎，真不幸啊。"

然而，我却渐渐听到有人议论说："即便是男儿郎，自恃学问甚高之人又能怎样呢？好像也没有飞黄腾达嘛。"从那以后，我就没有在别人面前写过任何汉字了，每日不学无术，稀里糊涂地过日子，从前读过的汉文典籍也不再看了。尽管如此，"日本纪女官"的绰号却传得越来越响。一旦传入别人耳朵里的话，还不知要如何忌恨我呢。羞愧之余，我甚至连屏风上的字句都假装不看了。然而，中宫却让我为她诵读《白氏文集》[2]里的各处内容，可见她有意了解这些汉诗文方面的知识。于是，从前年夏天开始，我趁着没有其他人

---

1 即藤原惟规。

2 唐代诗人白居易的诗文集《白氏长庆集》。

在中宫面前的时候，零零散散地为她讲解两卷乐府[1]。这件事我是瞒着别人的，中宫也为我保密。不过，道长大人和天皇似乎都发现了，道长大人还给中宫献上了由书法家精心抄写的《乐府》诗卷。中宫让我讲解汉诗文的事，估计那位多嘴多舌的内侍还不知道吧。要是被她知道了的话，又该生出许多闲言碎语了。想到这里，只觉得世间万事繁杂，实在令人郁闷。

---

1 《白氏文集》卷三、卷四为乐府诗。

《书柜上的书写工具、书本与水仙盆栽》，岳亭春信 绘

五十二　求道之心

　　哎呀，现在我可顾不上什么谨言慎行[1]了。不管别人怎么说，我都打算对着阿弥陀佛一心不乱地念经。我内心已经不会再为世间各种厌倦之事感到留恋，所以，出家修行肯定不会有丝毫懈怠。然而，即便我决绝地抛弃俗世、遁入空门，但在得道成佛之前，恐怕也会有内心动摇的时候吧。出于这种担心，我才一直犹豫不决。我现在已经逐渐到了适合出家的年龄，若再往后等到年纪老迈时，恐怕会因为老眼昏花而

1　当时认为，皈依佛门、遁世出家的想法不应该说出来。

无法诵经，内心也会变得更加愚钝——这种想法未免有些过虑，但我现在确实只是一心考虑出家之事。然而，像我这样罪孽深重的人，恐怕未必能实现出家之夙愿吧。每当我意识到前世罪孽之深重时，内心就会感到悲哀。

还有很多在这封信中[1]无法一一尽诉的事——无论好坏，无论是世间发生的事情，还是关于我自己的忧愁，我都很想巨细无遗地全部告诉您。信中提到一些不堪之人，但我不知道，把自己头脑中的想法全部如实写下来是否合适？不过，想必您也清闲无事，那么就请看看信中我那百无聊赖的心情吧。另外，如果您想到什么事，就算不像我写的有这么多无聊小事，也请写下来，供我拜读。这封信万一传扬出去，被

1　从体裁和形式来看，从第四十六章开始到第五十三章，是写给某位身份高贵之人的书信。

别人看到的话，就会引起大麻烦。世间人言可畏。所以，最近我经常将那些没用的书信全部撕毁或烧掉。今年春天，自从我把旧信纸用来折叠偶人游戏[1]的纸屋之后，就再也没有收到别人寄来的书信，而且我也有意不在新纸上写东西了，尽可能地做到避人耳目。不过，这并非出于什么不好的原因，是我故意这么做的而已。您看过这封信之后，请尽快将信送回来。信中可能有看不清楚或漏字的地方。请不必在意，直接跳过就行。在这封信的结尾，竟然表露了自己对"人言可畏"的担忧之情，可见我执迷之心甚深，无法完全放下自我。我究竟该如何是好？

1　平安时期贵族子女的室内游戏，有点类似"过家家"。

五十四　参拜佛堂及泛舟游玩

——宽弘六年（1009）

九月十一日

十一日[1]拂晓，中宫前往佛堂[2]参拜。中宫与道长大人的夫人一起乘坐御车，女官们乘船前往。我迟到没赶上坐船，结果晚上才来到中宫身边。做法事的地方，完全照搬了比叡山、三井寺的做法，举行大忏悔仪式[3]。大家画了许多白色的

1　当天是祈祷中宫安产的结愿之日。当时中宫已有八个月身孕。

2　佛堂位于土御门府内的池中岛上。

3　在佛前忏悔过去的罪过，诵念忏悔文。

佛塔，乘兴游玩。公卿们大部分都回去了，只有少数几个留下来。后夜[1]法事的法师们诵经祈祷的方式各不相同，二十多位法师虔诚地祈祷中宫御体平安。其间，有的法师因为一时语塞而遭人取笑的事也时有发生。

法事结束后，殿上人接二连三地泛舟池上，齐奏管弦之乐。佛堂东侧朝北而开的大门前，有一段通往池塘的台阶。中宫大夫手扶栏杆坐在台阶上。道长大人过来参见中宫时，与宰相君等女官闲谈了一会。几位女官在中宫面前都表现得拘谨小心。此时，佛堂内外皆有风情。

朦胧的月光下，大家都上了船，年轻的公子们唱起当今流行的俗谣，朝气蓬勃的歌声悠扬动听。大藏卿[2]明明一大把年纪了，还混在年轻人之中，但终于还是没敢一起放声高歌，就只是安安静静地坐着，那背影看起来颇为滑稽。帘子里的女官们见状不由偷笑。我调侃道："可是在舟中叹

1　凌晨四时左右。

2　藤原正光（957—1014）：平安时代中期的公卿，大藏省的长官，当年五十三岁。

老？"[1]中宫大夫可能听到了，立即吟诵出下一句："徐福文成多诳诞。"他的声音和气质都无比优雅。公子们唱起俗谣"池中浮草"，同时吹笛相和，美妙的声音随着拂晓的微风轻轻流动，可谓别有风情。只要应时应景，即便是一点简单的情景也会让人感到情趣盎然。

---

1 《白氏文集》卷三收录有新乐府诗《海漫漫》，其中两句为："不见蓬莱不敢归，童男丱女舟中老。徐福文成多诳诞，上元太一虚祈祷。"原意是指："跟随徐福去寻找长生不老药的童男童女，还没找到蓬莱仙山时就已经在舟中老去。"作者化用"童男丱女舟中老"之句，以此揶揄船上的年长者大藏卿。

《宫廷侍女戏烧枫叶取暖图》，奥村政信 绘

　　道长大人看见中宫这里有一套《源氏物语》，就一如往常地开了几句玩笑，然后用垫在梅子[1]下面的纸写了一首和歌送给我：

　　　酸梅子，好涩之名传远近。

　　　人见人爱，岂能不摘？[2]

1　中宫怀孕期间爱吃酸食。

2　藤原道长借用"好涩"与"好色"的双关语，调侃《源氏物语》的作者紫式部是个好色之人。

我随即提笔回敬一首和歌，以示不满：

酸梅子，迄今尚未被人摘。

好涩之名，谁人传开？

某夜，我在游廊的厢房中睡觉时，听到外面传来敲门声。我心里很害怕，不敢开口回答，就这样直到天明。第二天早上，有人送来一首和歌[1]：

敲门声，恰似秧鸡彻夜啼。

木门不开，悲叹欲泣。

1　是藤原道长所作的和歌。

我写了这样一首答歌：

声声紧，敲门似非寻常客。

我若开门，必当悔恨。

今年正月一日至三日，为了参加戴饼仪式，小皇子们[1]每天都要登上清凉殿。作为陪侍，高级女官们也要上殿。左卫门督[2]抱着两位小皇子，道长大人向天皇进献御饼，天皇面向二间东门，将御饼放到小皇子们的头顶上。小皇子们被抱着参见天皇，然后退下，这样的仪式非常值得一看。小皇子们

1　中宫彰子所生的敦成亲王、敦良亲王。

2　即藤原赖通。

的母亲中宫没有上殿。

今年元日，担任御药之仪[1]陪膳女官的是宰相君。宰相君穿着按惯例颜色搭配的衣裳，非常漂亮。传递膳食的女藏人是内匠、兵库。若论扎起发髻的样子，还要数陪膳女官宰相君最为别致好看。但一想到她的内心，我就不由为之感到心疼。出任御药之仪的女官是文屋博士[2]，她总是自命不凡地炫耀自己的才学。跟往年一样，进献的膏药在仪式结束后被分赐给众人。

1　正月一日至三日食用屠苏、白散等御药的仪式。

2　皇宫里的女官文屋时子，生卒年不详。

《秋花图》，胜川春章 绘

二日，中宫大飨[1]被取消了。临时宾客们清理出东面的房间，像往常一样举行宴会。出席宴会的公卿有：傅大纳言、右大将、中宫大夫、四条大纳言、权中纳言、侍从中纳言、左卫门督、有国宰相、大藏卿、左兵卫督、源宰相，等等。大家相对而坐。源中纳言、右卫门督、左右宰相中将坐在柱间横木下方、殿上人的上座。道长大人抱着小皇子敦成亲王走出来，教他说些日常问候语，逗着他玩，然后又对夫

人说："我来抱一下弟弟吧。"小皇子妒忌地撒娇道："不嘛！"道长大人只得又百般疼爱地哄劝着。右大将等人饶有兴致地看着这情形。

之后，公卿们前往清凉殿参见天皇。天皇也来到殿上，与群臣齐奏管弦之乐。道长大人又像往常一样喝醉了。我怕他来找麻烦，想找个地方躲一躲，但还是被发现了。道长大人满脸不悦地埋怨道："我邀请你父亲出席御前宴会，他为什么不肯参加，早早就回去了？性格也太乖僻了吧。"接着他又逼迫道："你快作一首漂亮的和歌，算是替你父亲赎罪。而且今天又是正月的第一个子日¹。快点作歌，快点！"这种时候，即便能立刻作出一首和歌，恐怕也不太像样吧。道长大人醉态可掬，脸色比平时更红润，灯火映照下更显得容光焕发、器宇轩昂。

"这些年来，中宫膝下无子，一个人孤零零的。我看着也觉得难过。如今，身边多了这两位小皇子，简直太热闹

1　这一天人们会去野外拔小松树、吃嫩菜羹，传说这样能防灾祛病。朝廷举行宴会，群臣吟咏和歌以表庆贺。

啦。我是看在眼里，乐在心里啊！"道长大人说着，三番两次地掀开帐台的垂幔，看着熟睡中的两位小皇子。这时，他口中轻轻吟诵出一句古代和歌来："原野若无小松树。"[1]

这种时候，与其新作一首和歌，倒不如吟诵一首应景的古代和歌。在我看来，此情此景中的道长大人无限风雅。

1　出自壬生忠岑的和歌："子日时，原野若无小松树，千代繁荣，何以为证？"
　　道长引用此和歌，将小皇子比喻为小松树。

翌日黄昏，天空早早就蒙上一层暮霭。殿舍房檐鳞次栉比，只能从游廊上方的缝隙里看见一小块天空。我一边仰望着，一边和中务乳母[1]闲聊，一同称赞昨夜道长大人吟诵和歌的风雅气度。这位女官确实是个通情达理、才情横溢之人。

1　侍奉中宫的女官，命妇。

我回了一趟家，然后又在正月十五日凌晨返回宫中，因为当天是二皇子[1]诞生第五十日的庆祝仪式。小少将君直到天已大亮之后才赶回来，未免有些尴尬。我和小少将君像往常那样住在一起，把两人的厢房合并成一间。其中一人回家不在的话，另一人便独自使用这个大房间；而当两人同时在宫中侍奉时，就用几帐从中间隔开。道长大人见状取笑道：

1　敦良亲王（999—1019），一条天皇的第三皇子，中宫所生的第二子，所以称其为"二皇子"。

"要是对方带了个陌生人回来，那可怎么办？"听起来有点不堪入耳。不过，我们俩都不会做这种见外的事，所以大可以放心。

太阳高高地升起之后，我们来到中宫御前侍奉。小少将君身穿樱花套色的绫织衬袿，外披红色唐衣，再配一条常穿的印花裳裙。我穿着红梅套色的衬袿加萌黄套色的外衣，外披柳套色唐衣，裳裙的印花纹样颇为时尚，使我显得很年轻——我甚至觉得：我这身着装和小少将君互相调换一下就好了。天皇的近侍女官十七人前来侍奉中宫。二皇子的陪膳女官由橘三位担任。传递膳食的女官，室外有小大辅、源式部，室内是小少将君。天皇与中宫一起端坐于帐台之中。此刻，灿烂的朝阳照射进来。在其辉映下，天皇与中宫容光焕发，光彩夺目。天皇身穿御引直衣[1]配小口袴[2]，中宫照例穿着红色衬袿，其上依次穿着红梅、萌黄、青柳、棣棠[3]等各种

---

1 御引直衣：衣裾较长的贵族便服。

2 小口袴：收紧下摆的一种和服下裳。

3 棣棠套色：表枯叶色里黄色。

套色的多层衬袿，配葡萄色的绫织外衣，外面再批一件无论花纹还是配色都很时尚的柳套色小袿。那边太过引人注目，我便躲到这边角落，静静地待着。中务乳母抱着二皇子，从帐台间向南走去。她相貌端庄，没有半点矫饰之状，举止稳重沉着，显得很有才气，让人觉得由她来担任育儿之职是再适合不过了。她身穿葡萄色的丝织衬袿配无纹青色外衣，外面再披一件樱花套色的唐衣。

当天女官们的着装全都美得无与伦比，难分优劣。但有些女官的多层袖口的配色不太好看，却不得不在公卿和殿上人的众目睽睽之下进去传递膳食……事后，宰相君等人为此感到十分懊恼。其实，她们的袖口也并没有那么难看，只是颜色搭配不够出彩而已。小大辅穿着单层红色衬袿，再搭配五层色泽或深或浅的红梅套色衬袿，外披一件樱花套色的唐衣。源氏部穿着深红色衬袿，搭配红梅套色的绫织外衣，但唐衣并不是丝织的，似乎略显不足？但毕竟丝织物唐衣属于禁色，所以也无可厚非吧。举行隆重的仪式时，即便是因为一些不太显眼的小过失而被指责，那也无话可说。至于着装优劣则有身份限制，所以不应该对此说三道四。

向二皇子献饼的仪式结束后，餐台也撤下去了。檐房的帘子卷起，天皇的近侍女官们挤挤挨挨地坐在帐台西侧的御座对面。以橘三位为首的众多典侍[1]也在其中。

中宫这边的女官，年轻的坐在柱间横木的下方，而高级女官则取下东厢与正房之间的南边隔扇，挂上帘子，然后坐到里面去。帐台与东檐房之间有一小块地方，大纳言君与小少将君就坐在那里。我也走过去，在那里观看了庆典仪式。

天皇在平铺的御座[2]上就坐，面前摆好了餐台。餐台上的各种器具和装饰品精美得无法形容。檐廊外，公卿们朝北而坐，以西侧为上座，依次坐着左大臣、右大臣、内大臣、东宫傅、中宫大夫、四条大纳言……再往下的座位就看不见了。

这时奏起了管弦之乐。我们东厢房东南边的回廊上，

1　内侍所的次官，官级为从四位。

2　不设帐台或椅子，而在地板上直接铺两层榻榻米，上面再铺一层坐垫。

殿上人正在那里待命。地下人[1]的座位是固定的，那里坐着景齐朝臣、惟风朝臣、行义、远理等人。殿上人这边，四条大纳言击筸打节拍，头弁弹琵琶，弹古琴的是□□[2]，左宰相中将吹奏笙笛。众人以双调[3]唱了《安名尊》《席田》《此殿》[4]等歌谣。乐曲则演奏了唐乐《迦陵频》的"破"与"急"[5]两部分。坐在户外的地下人也吹奏笛子相和。唱歌时，有人因打错拍子而受到指责。接着，大家又唱起催马乐歌谣《伊势之海》。右大臣一边聆听一边赞不绝口："和琴的声音真好听。"右大臣在席间嬉笑打闹时，不小心出了洋相[6]。这种难堪之状，连我们在旁看了都直冒冷汗。我看见，道长大人把礼物装在盒子里进献给天皇——是一支名叫"叶二"的横笛。

1　地下人：不允许上殿的人，与"殿上人"相对而言。

2　原文此处缺二字。

3　十二音律中的第六音律，吕调。

4　这几首都是催马乐的曲名。

5　乐曲分为序、破、急三部分。

6　据《御堂关白记》记载，右大臣藤原显光席间喝醉酒，想去拿取餐台上的鹤形装饰物时弄坏了餐盘。

《龙宫满干珠》，柳柳居辰斋 绘

夜深人静，我在键盘上啪嗒啪嗒地敲下一首紫式部的和歌："岁暮至，深夜风声催人老。我心悲凄，谁人知晓？"然后听着窗外的风声，咀嚼着这份孤独。

在灯火辉煌、觥筹交错的宫廷庆典中，紫式部一个人静静地躲在角落里，详实地记录各种仪式流程、宴会盛况，细致地描述各种华丽衣裳、精美器物，由衷地赞美自己的主人——雍容华贵的中宫彰子、风流倜傥的藤原道长……这正是《紫式部日记》的主旋律。紫式部担任的角色，是宫廷盛事的记录者，所以，这部日记带有一种类似于报告书的公务性质。而且，日记中多处出现诸如此类的声明："我并没有亲眼见到，不知具体是何物""这话并非我亲自听闻，所以不予置评"……可见，作者是在力求客观地进行实况记录。

然而，值得留意的是，在这部客观记录的公务日记里，却夹带着许多"私货"——字里行间随处可见作者对于个体生存状态的感悟与思考。作为日本古典长篇巨著《源氏物语》作者留下来的唯一日记，这部分"私货"的内容更值得玩味。

首先，作者不仅记录了宫廷盛事与达官贵人，而且还关注了"小人物"的命运与内心感受。例如：为小少将君的不幸命运而悲叹；为宰相君担任陪膳女官时的窘迫心情而感到怜悯。尤为可贵的是，作者身居宫闱之中，却时常把温暖的目光投向下层民众。例如：看见抬着御轿匍匐前进的轿夫而怜其辛苦；看见五节舞试演的舞姬、童女御览仪式列队的童女而深感同情；看见临时祭上的舞人老态毕现而为之哀叹；甚至看见水鸟嬉戏时也寄思于此，吟咏出"视之岂可不相怜"的和歌……

其次，作者在观察外界、关注他人的同时，还不忘审视自我。日记中随处可见关于自身体验或情感的描述。通过这些描述，我们可以跨越千年，体会到这位旷世才女在宫中供职时的真实心境。

她用这些字眼来表现自己的消极情绪："忧郁""悲叹""忧苦""痛苦""苦闷""愁绪""哀愁""彷徨""忧愁"……

她用这些词语来形容自己身处大庭广众、众目睽睽之下的羞愧感："拘谨""难堪""难为情""自惭形秽""无地自容"……

她如此描述自己多年以来的孤独感："只有这少数人让我觉得有亲近感，内心难免会有些孤独无助""感觉自己从此无依无靠、无以慰藉""我一边弹着琴，一边担心是否有人会听出'幽怨琴声，如泣如诉'"……

她如此描述自己对于人际关系的苦恼："我对侍女们的目光有所顾忌，无法做到随心所欲""我还需多加注意，以免被那些个性鲜明、举止优雅、颇得中宫垂青的高级女官们忌恨""要是被她知道了的话，又该生出许多闲言碎语了。想到这里，只觉得世间万事繁杂，实在令人郁闷"……

她如此描述自己对于宫中生活的疏离感和厌恶感："我如今侍奉于宫中，经常说着场面话""自从进宫供职以来，我却清晰无比地感觉到这种痛苦""从今往后，我大概也会变得厚颜无耻，完全习惯在宫中供职的生活""回想当初，我连走路时都感觉恍如梦中，而今已经完全适应了这种生活。对于这样的变化，连我自己都感到厌恶"……

在我们的印象中，《源氏物语》的作者应该是一位优雅自信、八面玲珑的才女。而从日记里，我们却意外地发现了她的另一面——消极，自卑，孤独，对人际关系无所适从，厌倦了每天去公司上班的生活……咦，这不正是我们自己吗？原来紫式部也和我们一样，有着普通人的体验与情感。

"对外"客观记录，"对内"自我剖析，这两部分结合在一起，就形成了《紫式部日记》的最大特色。这种双重视角，与紫式部创作《源氏物语》的视角是相通的。只有善于自我审视、自我剖析的作家，才能创造出伟大的作品。

恍惚中，我仿佛从紫式部的手中接过日记，在灯下品味她的孤独。我觉得我能理解她。因为翻译者也是孤独的。我踽踽独行，满怀期待和不安，不知道前方有什么风景和陷阱在等着我。

黄悦生

2021 年 12 月

　　紫式部，本姓藤原，名不详，出生于日本平安时代中期（大致为中国北宋初年），是日本重要的小说家与歌人，"中古三十六歌仙"之一。同一时代的中国出现了南唐后主李煜这位名传千古的著名词人，其所作诗词前期主要描绘了绮丽奢靡的宫廷生活，后期则以沉痛悲壮的风格记述了丧家亡国的屈辱，奠定了他在词坛上的宗师地位。与李煜相似，紫式部也以她惊人的文学天赋与细腻的文笔赢得美名，在日本乃至全世界范围内都享有盛誉。其最为人所熟知的著作《源氏物语》展现了日本平安时代的人情风物，被称作日本的"红楼梦"，与清少纳言的《枕草子》同属于平安文学的巅峰。不同于她笔下光源氏那流光溢彩、极尽华丽的生活，紫式部本人的经历并不能称得上是一帆风顺、事事如意。

丧夫之后，紫式部被送入彰子中宫宫中，成为了一名宫廷女官，也就是此时，她开始撰写这本日记。《紫式部日记》详细记录了她在宽弘五年（1008）至宽弘七年（1010）期间的宫廷生活，涉及紫式部与其他宫廷女官的交往、对各类宫廷仪式的记录及与达官贵人们的和歌酬答等内容。

宫廷仪式和对其他女官的描写占据了日记的大半篇幅。对于宫廷仪式，紫式部的记录令人如同身临其境：写为中宫安产而设的祈祷，她生动地描绘了恶灵与法师们的缠斗，也写及侍候在旁的女官们因为担忧中宫，甚至"连眼睛都哭肿了"；写仪式上各人的穿着，她从服饰的衣料、颜色、形制极写至纹样，笔触细腻动人。对于女官们，紫式部则以她独到的眼光，发现了她们少为人注意的美感：见到宰相君慵懒的睡颜，紫式部称她"有几分物语中的公主气质"；御产养仪式中，众人都把目光集中在小皇子身上，她却注意到中宫褪去了国母的华贵之气，显出平时罕见的"柔弱之美"来。凡此种种，无不说明了紫式部的情趣。

值得读者关注的是，在日记中，紫式部还评价了当时的文坛名媛清少纳言等人。平安时代，日本的女性文学迎来了空前的繁荣发展，多位流芳后世的女性文学家就诞生在这一时代。其中能与紫式部并立的佼佼者便是她的文坛前辈——清少纳言。不同于同时代人对清少纳言的一致狂热追捧，紫式部对她并没有过多的好感，甚至有些文人相轻的意味：

> 清少纳言这个人，经常摆出一副自命不凡的表情和做派。她总是自作聪明，到处乱写汉字，可仔细一看，却有许多不足之处。……即使在寂寞无聊的时候，也要故意装出趣味盎然的样子，而且还不愿错过每个附庸风雅的机会……

紫式部直白地陈述了自己对清少纳言的高傲的反感，认为女性在具备高雅学识的同时，应该谦虚持重、自尊自爱，其女性观由此可见一斑。

与此同时，紫式部还在日记中书写了自身不可断绝的忧愁和对于哲学命题的思考。彼时她侍奉的彰子中宫圣眷正浓，彰子背后的藤原家族更是以辅臣藤原道长为首，贵不可言。但作为深受彰子和道长信赖和推重的女官，紫式部心中却总徘徊着忧虑。如同她在《源氏物语》中曾写下的诗句一样：

月华幽光美登临，红尘悲怆我自知。

紫式部身居皇宫，亲眼见证了波谲云诡的政治斗争，也旁观了无数宫廷女子此身由人不由己的命运，心中有万千孤独和感慨，却无人可诉，只有默默地将其诉诸笔端。在写给某位贵族的信中，她更是多次提及自己"罪孽深重"，有出家遁世的愿望，进而发问：

……执迷之心甚深，无法完全放下自我。我究竟该如何是好？

紫式部的悲叹并不是空穴来风。身为女子，她仅仅与丈夫享受了两年婚姻生活就守了寡，她不愿如同时代那因为男女关系而被攻讦的和泉式部一样寄情于情人，也不愿再嫁，她的人生就只剩下了无尽的寂寞。同时，作为文学家的她生于书香门第，才华横溢，幼时即能识文断字，却不能如男子一般有所作为，这不仅是紫式部个人的痛苦，更是当时男尊女卑的大环境下女性命运的缩影。

　　读至此处，难免动容。时至今日，平安时代贵族女性所遭遇的困境对于我们来说也仍有借鉴的价值。女性并不是劣于男性、依附于男性的"第二性"，"她们"的存在于价值应当被看见，被承认。古典女性们的人生已经谢幕，而当今的社会为女性提供了更广阔的舞台和更丰富的人生选择，但愿更多的女性能够在此尽情发光发热，不再有"紫式部之叹"。

编者

2022 年 1 月